科学少年三部曲系列科幻小说

北京市科学技术协会科普创作出版资金资助

我的时代

MY TIMES

郑军 著

金城出版社
GOLD WALL PRESS
·北京·

图书在版编目（CIP）数据

我的时代 / 郑军著 . —北京 : 金城出版社有限公司, 2021.12
ISBN 978-7-5155-2156-5

Ⅰ . ①我… Ⅱ . ①郑… Ⅲ . ①幻想小说—中国—当代
Ⅳ . ① I247.5

中国版本图书馆CIP数据核字（2020）第262649号

我的时代

作　　者	郑　军
责任编辑	张礼文
责任校对	丁洪涛
责任印制	李仕杰
开　　本	880 毫米 ×1230 毫米　1/32
印　　张	6.75
字　　数	100 千字
版　　次	2021 年 12 月第 1 版
印　　次	2021 年 12 月第 1 次印刷
印　　刷	天津旭丰源印刷有限公司
书　　号	ISBN 978-7-5155-2156-5
定　　价	36.80 元

出版发行	**金城出版社有限公司** 北京市朝阳区利泽东二路 3 号　100102
发 行 部	(010) 84254364
编 辑 部	(010) 84250838
总 编 室	(010) 64228516
网　　址	http://www.jccb.com.cn
电子邮箱	jinchengchuban@163.com
法律顾问	北京市安理律师事务所 （电话）18911105819

目录

第一章

必来的未来

一年以后，中院再次开庭，不公开审理“沙阳、郭晓宇雇凶杀人、盗窃国家智力检测协会‘标准 9’名单、跨国制造类环氧丙嘧啶案件”。

郭晓宇、沙阳、李游民等人坐到被告席之后，公诉人宣读他们的犯罪事实，出示了公安局、高科技犯罪侦查局提供的证据。

张凡出庭作证，指认沙阳、郭晓宇和暹国非法武装神军头目约翰合作，提炼类环氧丙嘧啶，打造“智力珠穆朗玛峰”的事实。

一副傲娇表情的郭晓宇静静地坐在被告席上，时而瞥一眼身边的沙阳，时而怒视张凡。

沙阳目光呆滞，好像对什么都毫无反应。

法庭调查完毕，审判长问郭晓宇，是否承认公诉人提出的罪状，是否认可证人提供的证据。

“承认，我都承认，随你怎么判，枪毙都行。”郭晓宇毫不在乎地说。

沙阳依然沉默，仿佛沉浸在他自己的世界里，身边的一切都与他无关。

两个少年的表现，让在场所有人都唏嘘不已，也都陷入沉思中。

主审法官没有当庭宣判。

张凡、王鹏翔、张语桐走出法院大楼。

张凡突然蹲在地上，号啕大哭。

王鹏翔赶紧蹲在他面前，询问：“张凡，你怎么了？”

张凡问：“王警官，我是不是太不够哥们儿了，太不讲义气了？沙阳、郭晓宇那么信任我，我还把他们出卖了。法院会枪毙他们吗？你们跟法官说说，他们都是可怜的孩子，就饶过他们一回吧！”

张语桐也蹲下，低声劝道：“张凡，你没有做错，错的是他们。所有人都要为自己的选择、行为负责，沙阳和郭晓宇也一样。走，我请你们吃必胜客。”

“我真的没有做错吗？”张凡止住哭声，盯着张语桐问。

张语桐拍了拍他的肩膀："没有，而且表现很棒，甚至可以说，你拯救了很多和你一样的少年。你是小英雄，我们局都准备给你申报'智勇双全好少年'荣誉称号呢。"

张凡破涕为笑："那我就放心了。张警官，你不是说请我吃必胜客吗？我能随便点吗？"

张语桐说："没问题，我请客，王警官买单，走起！"

必胜客餐厅里，张凡一口气点了很多他爱吃的东西。吃着吃着，他突然问道："张警官，我听杨警官说，你们局在制定新版青少年保护法？"

张语桐说："高科技犯罪侦查局只是执行机关，没有制定法律的权限。不过，通过这起案件，我们会向人大反映当下青少年存在的问题。蔡静茹处长组织了一个非正式的研讨会，其中有警察、法官、律师、政法大学教授和心理学家，研讨主题是要不要降低少年入刑的年龄。"

张凡立即反对道："其实，我们都是好孩子，只是家长引导的方法不对。我曾经是天不怕地不怕的人，急眼了连我自己都敢杀，我还能怕法律吗？可是我遇到你们和杨警官，就学会控制自己的言行、敬畏法律了。你们大人，不能总想着如何限制孩子，得想想怎样引导孩子才对。大禹都堵不住水，光靠法律能堵住少年犯罪？"

王鹏翔补充道："当下的孩子身心发育水平远远超过过去，获得的信息、知识，能支配的技术手段，与以前更是不能相提并论。现在很多家长、专家都在呼吁将现有法定少年入刑年龄下调。成人标准降到 16 岁，不完全刑事责任年龄下调到 13 岁，无行为责任年龄下调到 10 岁。”

“如果按照这个标准，郭晓宇至少要判有期徒刑 20 年，出来都废了。”张凡感叹道，“以后我做什么可得想想后果了，不然就会失去自由了。我跟你们说，里面可不是什么好地方，比研学班差远了。”

张语桐说：“我觉得还是教育出了问题，家庭教育、学校教育、心理建设教育，都不够科学、完善，起码没有满足青少年的成长需要。现在的孩子，别看身高像大人，接受的信息量也大，擅长多种才艺，但对法律依然一无所知。”

张凡冲张语桐竖起大拇指：“他们都应该像我一样读研学班，知识、常识、见识一起拓展。”

王鹏翔摇摇头：“只能说你是幸运的。不是每个孩子都有这种机会的。不过，你放心，国家不会放弃任何一个孩子，无论曾经他们在哪里，做过什么。”

王鹏翔这么说，让张凡突然想到他一直想问的问题：“王警官，你是不是非常幸运的人？男人像你这样，有过硬的功夫，真是超级帅！”

“成为警察，保护人民财产和人身安全不受侵犯，才是我的幸运。这个太深奥，长大以后，有人需要你的服务，你就会明白的。”王鹏翔拍了拍张凡的肩膀，“加油，看好你！”

许彦波应“科学种子工程”项目组、教育界专家的要求，举行了一场研讨会。

他打开 PPT 文件，大屏幕上出现一个坐标。横轴代表年份，纵轴代表人数。他在纵轴很高的位置设起点，向右向上画出一道线，然后点击几下鼠标，图形转化成数据，呈现在屏幕上。

然后，他在原点处开始，连续点击几个点，一条线贴着横轴缓缓上行，上扬角越来越大，最后突然提升，与第一条线交叉。

他看了看专家席，缓声讲道：“上面这条线，是新中国成立后的人口总数。1953 年是 5.7 亿，1982 年超过 10 亿，2021 年达到 14 亿，随后逐年下降。下面这条线，是每年高校招生人数。1953 年为 4 万，1982 年为 35 万，现在是 800 万。如果国家不限制儿童入学的年龄，估计每年会有更多的孩子从大学毕业……”

那些教育界专家，更想听许彦波介绍研学班的教学情况、那些少年的学力有无提升、心理有何变化、发现什么特长、哪些经验和教训值得普通教育从业者借鉴……

许彦波在与他们互动环节中，逐一回答了这些问题。

两个半小时后，许彦波做完汇报，留出 5 分钟讲一些和报告主题无关的话。

“只要不出现彗星撞地球那种天灾，不爆发世界大战，在未来的某一年，中国大学生的总量能达到人口总量的 99%。到那时，差不多每个孩子都能进入大学接受高等教育。我们要思考的是，那样的社会，将是什么样的社会，能和现在一样吗？”

专家们以为许彦波会给出他的设想，他却说：“对于这个问题，我翻遍国内外的教育文献，都没有找到科学的答案。那些文献都是教育专家创作的，没有一个专家对由知识群体组成的社会进行假设。”

专家们被许彦波带到未来。他们承认，这个问题必然会出现，只是时间早晚的问题。他们为什么都没有想过呢？难道仅仅是与自己无关？

“研学班的 10 个孩子，智商都非常高，按理说，未来他们都应该能成为各个行业的精英。然而，现在我的想法改变了。研学教育一旦普及，少则 50 年，多则 100 年，每个孩子都能达到他们的智力水平。10 亿超高智力的中国人，将怎么管理、运行、发展呢？说实话，我都不敢想！”

这个问题，台下的教育专家、心理学家也不曾想过。

许彦波语重心长地说：“不管那个时代什么时候到来，我们从现在开始，都应该做好准备。作为教育从业者，我们都有责任和义务，应对必将发生的问题。”

东非共和国总统府。

东非共和国安全秘书长基夫莱尔，急匆匆地走进总统办公室，向总统卡尔比汇报：“我的属下已经查清，315边防团官兵因为遣散费问题，要聚众闹事。”说罢，他把联名签署的抗议书放在办公桌上。

卡尔比扫了一眼抗议书：“多少人？”

“一百多人。”

“他们手里有枪械吗，或者杀伤性武器？”

“没有。”

“那有什么好怕的？我也是退伍老兵嘛。”卡尔比把抗议书推给基夫莱尔，“我跟他们谈谈。”

基夫莱尔说：“总统先生，他们手里虽然没有枪，但是有手机，会把他们抗议活动的视频上传网络，会引发大量退伍老兵的支持。要不要暂时断网？”他指指窗外，“网络的力量，根本不在我们的想象范围之内。”

卡尔比摆摆手：“暂时不用。”

总统府外传来呐喊声，越来越清晰。

一百多名即将退役的官兵，已经闯到总统府门外。走在最前面的军官是军队中威望很高的老将军加特林，前总统对他都礼让有加。他根本不把总统府卫队当回事儿，卫队士兵也不敢对他来硬的。

那些退役官兵在外面喊了一阵口号，见没有人搭理他们，愤怒了，有的往总统府大门里面拥，有的翻过围栏，蜂群一样冲进总统府，占领办公室、会议室等地。

卡尔比见状，并没有慌乱，命令总统府中的卫兵及服务员，给这些官兵提供冰水、水果和小食品，安抚他们愤怒的心。

卡尔比把加特林请到总统办公室："老将军，您是国家稳定的基石，也是我的前辈，您有什么要求，在我权限之内，必定尽量满足您。"

加特林猛地拍了一下桌子，高声质问："你是奥莫罗人，为什么只遣散奥莫罗官兵？"

"谣言，绝对是谣言。政府是按比例裁撤的。"

几个中尉军官闯进总统办公室，要卡尔比交出诺贝尔和平奖奖金，作为退役官兵的安家费。

去年，卡尔比上任后，与邻国签署永久性和平协议，结束了 20 年的边境战争，并应允裁撤 10 万官兵，因此荣获诺贝尔和平奖。

加特林说："总统阁下，我们为了国家领土的完整，浴血奋战 20 年，好多兄弟永远躺在边境上。现在，你用兄弟们的鲜血和生命换取个人荣誉，你应该对死去和活着的人负责。"

"我个人确实没有钱。"卡尔比耸耸肩，摊开双手，复读机一样重复着新闻公报里的说法——他已经把奖金捐给慈善机构。

卡尔比说："虽然我把那笔奖金捐给了更贫困的人，对你们这些保护国家领土完整有功的人，绝对不会一遣了之。你们退役之后，都将转为国家劳务公司雇员。政府已经和中国公司签约，我们即将投资 55 亿美元，修建全长 550 公里的 3 号高速公路，横贯全境。届时，需要大批同胞从事基建工作，待遇与中国国内工人一样。”

“待遇与中国国内工人一样？”加特林震惊了，“一个月的收入，比我们在军队服役一年的收入还多！”他转念一想，感觉哪里有些不对，“总统阁下，55 亿美元是我国一个月的财政收入，拿去修路，你们吃什么？”

卡尔比笑道：“将军多虑了。那笔钱先由中方全额垫资，条件是我们赋予中方公司 20 年经营管理权。事实上，我国政府并没有投入一分钱。”

卡尔比如此承诺，加特林并不相信，要求卡尔比对着摄像机承诺，并写下保证书，保证所有退役军人都能到中方公司就业，享受和中国国内工人同等待遇。

卡尔比照办后，说：“你们作为军人，擅闯总统府，理应送军事法庭接受审判。但是，我见你们并无恶意，决定动用总统特权赦免你们。你们是军人，犯错就应该按军人方式予以惩戒。你们跟我做俯卧撑，我不停，你们就不能停。”

42 岁的卡尔比脱下西装，扔给基夫莱尔，带头做起俯卧撑。

加特林带头，其他官兵跟随。一场危机，就这样被卡尔比轻松化解了。

送走官兵，卡尔比瘫坐在椅子上。

基夫莱尔低声对他说：“总统先生，那个获得诺贝尔文学奖的作家要回来了。”

“什么时候？”

“一个月后。根据情报人员反馈的消息，他已经宣布参加下届总统竞选。”

卡尔比闭着眼，手抚额头：“只会用英语写作的非洲人，还想治理这个糟糕的国家，拿选民当傻瓜吗？再者说，我国有 80% 的选民生活在农村，他们还不知道电是什么东西呢，更不知道诺贝尔文学奖是何物，不足为虑。”

基夫莱尔说：“总统先生，他对农民确实没有影响，但是首都内还有很多西方文化的崇拜者。那些人的活动能力，绝对不能小觑。”

空荡荡的心理训练室内，只有几张软垫。

宋梓馨盘膝坐在软垫上，一动不动，双手置于小腹，腰背挺直，闭目静坐。

她面前的“知识海洋”屏幕上，显示着她的生命体征。

一阵轻微的“嘟嘟”声，提醒她训练结束。

王鹏翔走进来，调亮灯光，拿起“知识海洋”，看上面的数据。

11 岁女孩，能像老僧入定般坐了 20 分钟，确实了不起。他承认，他 11 岁时，只能在餐桌前坐这么长时间。

宋梓馨看上去很柔弱，事实上，她的身体素质要远远超出同龄人。误入神军营地安全返回，又在北极圈大显神威，也不是所有 11 岁女孩都能做到的。

不过，宋梓馨还是希望自己能拥有王鹏翔那样的本领。

“王老师，你从小就这么厉害吗？我怎样训练才能像你那样厉害？”宋梓馨好奇地问道。

王鹏翔微微一笑：“你想知道啊？那我就给你讲讲我的故事。”

王鹏翔的父亲王轩是武术运动员，获得过全国冠军，退役后致力人体潜能开发研究。

妻子怀孕时，王轩在一次科普讲座中结识肖毅，并对肖毅倡导的行为科学感兴趣。

那时，肖毅正准备引进“阿普加检测技术”，检测婴儿的健康状况。这种检测，要在婴儿出生后立即进行，让很多孕妇避而远之，肖毅和助手一时找不到愿意接受检测的志愿者。

王轩得知肖毅遇到的困难后，便动员妻子去做志愿者。王鹏翔降生后，就接受了检测。

几个月后，王轩又让王鹏翔参加肖毅组织的另一场试验。

人类拥有很多先天条件反射，比如膝跳反射和眨眼反应等，但是，大部分条件反射功能都会在成长过程中消退。如出生婴儿的手，不论遇到任何物品，都会立即抓握。这就是人类的先天性抓握反射。现在的婴儿因为不需要这种技能，通常在出生几个月后自然消退。

肖毅认为，这些条件反射功能消退得越晚，孩子的运动水平就会越高。

怎么能证明他的推断呢？

他设计了一套实验流程，给婴儿营造激发先天性条件反射的情境，不断刺激、诱导、强化，以此巩固这些先天机能。

这种实验，毕竟是新鲜事物，根本没有哪个母亲敢用自己的孩子做试验。肖毅做了很多人的思想工作，最后包括王鹏翔在内，才有 3 个婴儿愿意接受试验。试验做了两次，那两个婴儿便退出了，只有王鹏翔完成了全部试验项目。

王鹏翔给宋梓馨看了一段视频。视频中，还不会坐立的他，抓住肖毅的手指，全身吊起，离床铺至少一米高。

见此情景，见多识广的宋梓馨都难以相信。

王鹏翔说："很多成年人必须经过艰苦训练才能完成的动作，其实他们生下来就会，不过是因为生活不需要，没有得到强化、巩固就丧失了。"

后来，王鹏翔的母亲见同龄的孩子都去学英语、绘画、舞蹈，就不想让王鹏翔接受这种看似毫无意义的试验了。她认为，一个人的身体素质再好，也未必能获得奥运会冠军。她不想让自己的孩子赌虚无缥缈的未来。

王轩却坚持让王鹏翔接受这种试验。

两个人在如何教育孩子的问题上产生分歧，出现矛盾，经常吵得不可开交。

王鹏翔 4 岁时，父母的矛盾不可调和，便选择离婚。母亲获得他的抚养权，不再让他做那些鬼试验。

可能是王轩的遗传基因太强大，少年时期的王鹏翔就喜欢接受各种训练，并创造了一些训练方法。

宋梓馨对王鹏翔的感情生活似乎更感兴趣："你这么帅，身材有型，还是高考状元，上学时应该有很多女孩子追你吧？你没追过谁吗？"

"没有，一个都没有。"

"为什么？"宋梓馨完全不相信。

"应该是我不怎么关注身边的女孩子吧。我总觉得她们傻乎乎的，说话、办事、思考问题，特别幼稚。"

"是不是因为你太聪明了？"宋梓馨对此感同身受。

王鹏翔说："我从小就是学霸型学生，根本没想过自己的智力和学习能力如何。但是，我考虑问题的角度和深度，跟同龄人绝对不一样。因为话不投机，就懒得和他们计较了。"

他们又聊到阿婕莉娜。

王鹏翔告诉宋梓馨，阿婕莉娜是他的初恋，然后把他和阿婕莉娜的相识经过、他们在西伯利亚和印度的冒险经历讲述一遍。

阿婕莉娜比王鹏翔大 4 岁，自幼接受专业体育培训，参加过奥运会，如今随团在各国表演，见过大世面，拥有大格局。她的祖父是俄罗斯著名心理学家，她从小受祖父影响，对心理学很感兴趣，并有一定的研究。

与王鹏翔相爱之后，她为了和王鹏翔有共同话题，开始钻研行为科学。

最后，宋梓馨问道："王老师，你觉得当警察好玩吗？"

"高科技犯罪侦查局的警察肯定好玩，因为他们经常跟聪明的人打交道。"

"我是不是也适合到高科技犯罪侦查局当警察呢？"

王鹏翔抚摸着宋梓馨的小脑袋："等你长大再说吧！"

方喆像考古专家考古一样，从盒子里拿出一个真空袋，小心翼翼地剪开，取出一只已经煺毛的鸭子。他把鸭子放在案板上，用厨刀割开胸膛，摘取内脏洗净。切碎后，再将鸭肉切成小块。

这个过程中，如果肉渣掉到地上，他都会捡起洗净，再放到肉堆里。

一会儿的工夫，一只完整的鸭子，被他切成百余块。

他把鸭肉放到铁锅里，生火炖煮两个多小时后，把肉和汤均分成 10 等份，分给食物互助社里的 9 个家庭的户主。

那些户主在鸭汤里放入蔬菜，熬成蔬菜鸭汤，邀请 9 家人共同享用。

这种鸭子，就是金龙食品公司出售的有机鸭，每斤售价 120 元，宰杀前毛重 2 公斤，加上运费，一个鸭子的价格超过 500 元。来城市打工的农民根本吃不起，但是为了培养他们的生态理念，方喆还是忍痛奉献出来。

志愿者在剩下的鸭汤里放入蔬菜，煮成一锅菜汤。

菜汤烧好后，马晓寒尝了一口，不仅毫无肉味，还有淡淡的青草味道。即便这样，在志愿者看来已经算是过节了。为了阻止大气变暖，他们号召市民拒绝使用依靠科学技术培育出来的鸡鱼肉蛋。

“500 元？一台微波炉的价格啊！他们的利润得有多高啊？”一个大学生志愿者边吃边议论。

“这是在野外放养 5 年的老鸭子。”方喆告诉他们，“这种鸭子，‘生活 1900 生态园’里都没有，基本全部从外省购买。你们自己算算，饲养 5 年的鸭子，人工成本是多少。”

“费这么大劲儿养的鸭子，怎么感觉和人工饲养的鸭子味道差不多呢？我估计，两种鸭肉的营养成分也差不了多少。”大学生质疑道。

方喆有点儿生气了：“大错特错！这种鸭子，吃自然生长的蚂蚱，受日月之精华，岂能是人工饲养的鸭子能比的？”

大学生志愿者嘀咕道：“一个鸭子，煮熟之后，无非就是蛋白质、脂肪、碳水化合物嘛，还能多出什么？”

“就你懂！”方喆把饭碗往桌上狠狠一蹾。

大学生志愿者毫不示弱：“这不是懂不懂的问题！超市里一只鸭子卖 40 元，500 元能买 12 只，我吃 12 只鸭子的营养，还不如吃一只鸭子？傻子都能算出来吧？”

其实大学生志愿者并不是凭空质疑。

郭晋龙夫妻遭遇车祸双亡，儿子郭晓宇进入少年犯管教所，亲属为了争夺郭晋龙名下的财产对簿公堂。

韩津出资购买了郭晋龙名下的金龙食品公司无法分割的经营权，让郭晋龙的亲属成为股东，不参与经营，但会享受分红。

出卖经营权得到一笔钱，每年再有一笔不菲的分红，对郭晋龙的亲属而言，绝对是天大的馅饼，于是他们就同意了。

拿到这家年营业额过亿的金龙食品公司经营权，韩津卖食品，更卖绿色概念。他以“爱国、爱民族、爱自己”为主题，利用各种平台不断地宣传，使金龙食品公司成为网红公司，获得天文数字的销售额。

方喆作为韩津团队的骨干，韩津让他管理金龙食品公司，负责销售工作。他理解韩津的苦衷，主动提出不要工资，只领些许补贴。

作为韩津的忠实拥趸、金龙食品公司负责人，方喆不可能允许有人质疑韩津的生态理念、金龙食品公司的产品。现在，大学生志愿者公然挑衅，惹得方喆要对他动手。

眼看方喆与大学生志愿者要打起来，马晓寒赶紧站到他们中间。她对大学生志愿者说：“这位同学，什么成本啊、营养啊，都是讲给外人听的。韩老师的生态理念的核心，是降低人们的消费欲望。现在很多人还没有想到这一层，只能把产品的价格定得让他们望而却步，他们才会少买，最后不买。”

“这是什么鬼逻辑？我理解不了，更接受不了，你们自己玩吧！”大学生志愿者把饭碗摔到地上，转身离去。

马晓寒望着他远去的背影，心中却有一丝欣慰。

方喆阴着脸，气鼓鼓地坐在一边。马晓寒收拾好餐具后，走到他身边安慰道：“老大，改变别人是很难的事情，您别生气了。”

方喆指着大学生志愿者离去的方向，吼道：“他们从小生活在消费主义泥潭里，冥顽不化，世界早晚会毁在他们手里。无知，愚昧！”

“我从来没有怀疑韩老师倡导的生态理念。遗憾的是，我的申请，你们也不予通过啊。”马晓寒说完，眼里还噙着泪花。

方喆连拍脑袋：“小韩，你放心，我回去之后，就向韩老师大力推荐你。在我看来，你早就达到我们的考核标准了。”

第二章

诺奖级对决

周末，肖毅一家人聚会。

王鹏翔与阿婕莉娜同来。

所有人到齐之后，肖毅兴奋地宣布："科学种子工程项目组刚刚发来信息，他们决定正式聘用王鹏翔为研学导师，为期一年，学术身份是科学传播专家。"

王鹏翔摆摆手："高科技犯罪侦查局的职责，主要是预防和制止高科技犯罪。我在警校学的那些东西，明显无法满足研学导师岗位的要求。为了拓展自己的业务水平，才选择到科学种子工程项目组业余客串，主要目的是为了学习。"

"我全力支持王鹏翔的工作，我也算半个科学传播专家吧？”阿婕莉娜认真地说。

“你当然算，我们都承认。”肖雅雯坐到阿婕莉娜身边，搂着她的肩膀说。

阿婕莉娜补充说：“我希望得到科学种子工程项目组正式认可，我也想做研学班的行为导师。”

宋梓馨抢先鼓掌：“好呀，好呀，我和同学肯定欢迎你的。”

“这个嘛……”身为科学种子工程项目组顾问，肖毅不能随便承诺。

“肖老师，我父亲去过东非，我对那里也有一些了解。我在那里工作过一年，应该不会有任何困难的。”阿婕莉娜显露出俄罗斯人的直率。

“做研学试验的目的，不就是为了国际化嘛。”王鹏翔说，“A01 班就有美国学生，第二届就应该有外籍教师嘛！”

许彦波倒了一杯格瓦斯，递给阿婕莉娜：“阿婕莉娜，你有这个想法很好，感谢你想加入我的团队，感谢你对我们的支持。”

作为一国总统，卡尔比堪称日理万机。相对于繁重的各种会议，外出剪彩就等于休个短假。

中国 HE 集团与东非共和国政府合作，改造传统农作物苔麸。今天合作公司挂牌典礼，邀请卡尔比出席。为了表示东非共和国政府的诚意，卡尔比爽快答应。

总统车队驶出首都亚当城，进入刚落成的实验站大院。

院子里的会场已经布置好，但典礼时间未到，HE 集团东非分公司经理周捷、中国驻东非大使陈浩，陪着卡尔比到贵宾室休息。

卡尔比昨晚忙了一夜，没有休息好，示意陪同人员退出去，他要休息一会儿。

他刚躺下 15 分钟，基夫莱尔就急匆匆地走进来。基夫莱尔和卡尔比是同学、哥们儿关系，现在又是国家安全秘书长，他见卡尔比根本不需要官场上那种繁文缛节。

基夫莱尔唤醒卡尔比，低声说："埃斯金德已经重金聘请一家英国竞选顾问公司，担任下届总统竞选顾问。"

卡尔比揉揉太阳穴，让自己清醒一下。这个消息他不能不重视。

东非共和国成立 30 年，一直是卡尔比领导的人民民主阵线执政。7 届总统选举，反对党无一胜绩。这次，十几个实力微弱的小党联合起来，推出一位重量级候选人——埃斯金德，与卡尔比竞争总统宝座。

现年 65 岁的埃斯金德，拥有东非共和国与英国双重国籍，职业作家，19 年前获得诺贝尔文学奖。

一个国家仅有的两名诺奖获得者，竞选下一届总统，绝对是个好噱头，媒体已经把下届总统竞选炒作成"诺奖级对决"。

“我们如何应对呢？”卡尔比问。

“我找到美国一家专业竞选顾问公司。”基夫莱尔把竞选顾问公司的资料递给卡尔比，“这家公司成立20年来，已经把3名共和党人、5名民主党人送入参众两院。

“两党的候选人，他们都能运作、助选？”

“他们只为钱服务，没有任何政治诉求。”基夫莱尔说。

卡尔比沉默片刻，问道：“‘黑色工程师运动’怎么样？你调查清楚了吗？”

“是咱们一百多个留学生在国外搞的，成不了大气候。”

“发起人赞巴卡，在哪所学校读书？”

“东京理工大学，已经毕业了。不过他不想回国，想在日本定居。”

卡尔比一挥手：“让赞巴卡回国，到东非理工学院任教。咱们的条件是资助他发展‘黑色工程师运动’。”

“从东京理工大学到东非理工学院，落差有点儿大，他能接受吗？”

“怎么？东非理工学院还放不下他吗？”卡尔比提高嗓门。

卡尔比在大学期间，就读于东非理工学院，而且成绩优异，曾获得国家资助到美国麻省理工学院攻读博士学位，但是他却选择参加推翻反动政权的武装运动。

基夫莱尔见卡尔比不悦，赶忙表示他可以说服赞巴卡。

“我不想因为和那个老家伙竞选，就花钱聘用美国的竞选顾问。”思考了几分钟，卡尔比做出决定，“我国人口中，大部分人都非常年轻，只要我们赢得年轻人的支持，就能赢得一切。我看过‘黑色工程师运动’的行动纲领——科技报国，工业救国。他们能帮助我们抓住下一代人的心。所以，不论你想什么办法，一定要把赞巴卡变成我们的人！”

典礼正式开始。

卡尔比、周捷、陈浩，东非共和国农业转型部部长西源兹一起来到一片实验田边剪彩。

苔麸这种农作物，在东非共和国已经种植了近千年，现在仍有一亿人把它作为主食。苔麸产量很低，东非共和国在没有种植水稻之前，老百姓年年因苔麸歉收闹饥荒。

水稻取代苔麸后，东非共和国政府想把它包装成一种绿色健康食品，推向海外市场。经过全世界招标，中国HE集团胜出，承担改良苔麸品种、提高亩产量、改变口感、推向世界各国市场的任务。

实验田边，有一个典礼台，台上的桌子上，摆放着苔麸粉、苔麸饼干和苔麸面包等食品。西源兹面对卡尔比，描述苔麸出口的美好前景。

周捷拿起饼干和面包，面向台下的观众，大声说：“各位，全球几亿糖尿病人，十几亿高血压病人，苔麸应该摆上他们的餐桌。这，就是我们接下来努力的目标！”

最近，宋梓馨从外婆家找到妈妈宋春霞生前的相册，拿回家让江志伟介绍每张照片的故事，以便她在“网灵”上填写照片注释。

“这张是她获奖时照的；这张是她和同事的合影；这张是我们在海南岛旅游时照的，那时你还在她肚子里……”江志伟耐心地介绍道。

一个“网灵”创建后，上传的内容越详细、越感人，越像与真人互动。江志伟已经原谅了宋春霞，他可以和宋梓馨一起，和虚拟的宋春霞对话。

上传十几张照片后，宋梓馨有些累了，关闭网页，转身问江志伟：“爸爸，你熟悉李文涛吗？”

江志伟对李文涛和杨真的恩怨略知一二，但没有细问过。他不解地问：“你怎么想起他了？”

“要不要给他也建个‘网灵’呢？你能和我妈妈聊天，杨阿姨也可以和他聊天啊。”

江志伟沉默不语。

“爸爸，你不会吃醋了吧？”宋梓馨拽了拽江志伟的胳膊。

“爸爸没有那么小气。”江志伟笑着说，“杨真对我来说，是透明的。她和李文涛的关系，只能算哥们儿，或者知己。她最爱的人是韩津，韩津还活着呢。如果一定帮她创建一个‘网灵’，也应该选择她的父亲杨永泉，但已经有人为杨永泉创建‘网灵’了。”（注释二）。

杨永泉以身明志后，粉丝为他创建了“网灵”。按照网灵网站的规定，每个死者的“网灵”必须是唯一的。任何人都可以为某人创建“网灵”。一个人的“网灵”一旦创建，其他人只能进行补充和完善，不能再建。

杨永泉的“网灵”创建成功之后，很多人对其进行补充完善，有成千上万的人和杨永泉的“网灵”互动。每逢杨永泉诞辰，就会出现盛大的线上纪念活动。

杨永泉生前几乎不上网，因此没有博客、微博、微信公众号等自媒体，网友很难补充他的信息。他的亲属、朋友、同事根据自己掌握的资料，对他的“网灵”进行补充完善，把他未发表的遗作《直到银河尽头》公之于众，深受全球网民追捧，并与他的“网灵”互动，把他奉为太空开发方面的百科全书。

江志伟经常和杨永泉的“网灵”聊天，讨论机器人在宇宙开发中的作用。他向杨真推荐过杨永泉的“网灵”，杨真还是无法原谅杨永泉对她造成的伤害。

宋梓馨听完江志伟的介绍，才知道杨真竟然还有这样伟大的父亲。她想了想，建议道：“杨阿姨帮助你接受女儿，我们就帮助她接受父亲吧。”

江志伟知道宋梓馨的建议很好，但执行起来比较难。因为杨永泉从心里就瞧不起杨真，认为杨真只继承了母亲“文科傻妞”的基因，对她的任何选择都持否定、打击的态度。

江志伟对宋梓馨实话实说，没想到却激发了她的挑战欲：“爸爸，办法总比困难多！”

“新时代的第一批人，欢迎你们成为‘生活 1900 生态园’的主人！”韩津向马晓寒等志愿者热情地打招呼。

经过层层调查、重重考验，马晓寒等志愿者获准进入“生活 1900 生态园”核心圈，成为韩津的“家人”。

成为“生活 1900 生态园”核心圈成员后，马晓寒才知道，“生活 1900 生态园”只是对外的称呼，内部人叫它“生态一号农场”，因为韩津还准备在全国各地建设二号、三号……无数个生态农场，彻底把中国人带入日出而作、日落而息的田园时代。

韩津带领马晓寒这批新“家人”参观他的“杰作”。

“你们看，这 5 口井完工后，我们就能彻底摆脱对自来水的依赖。”韩津自豪地说，“我们依靠旅游收入、出售原生态农产品、食品公司销售产品的利润，还有志愿者的捐款，又租赁了 1000 亩地，加上以前的 3000 亩，我们完全可以打造 5000 人常住的生态社区。这 5000 人，不再承受来自生存、生活方面的压力，悠然地过上日出而作、日落而息的健康生活。”

看到井边的水桶灌满水，旁边还放着扁担，一个小伙子上前想担起来。他试了几下，才摇摇晃晃地把两桶水担起来。

他没走几步，水桶里的水就洒出很多，引来一阵嘲笑声。

“你不会用力，这需要巧劲儿。”一个三十出头的女人走过去，熟练地接过扁担，在田边有节奏地走了十几米，赢得一片喝彩。

这个女人的网名叫“深海鱼”，她和马晓寒一样，也是刚刚获准进入“生活 1900 生态园”核心圈。她出生在偏远山区的农民家庭，父母有病，家庭贫困。她依靠政府的资助，才从某知名财经大学毕业。她经过努力奋斗，成为年薪 50 万元的银行高管，却单身至今。她厌倦了职场尔虞我诈、钩心斗角的生活，才来到这里，寻找一种简单的生活。

他们走到居住区附近，便闻到一股刺鼻的恶臭味道。

原来，这里有一个旱厕。

韩津看到志愿者们都捂着鼻子，又开始发表长篇大论：“你们的考验期之所以那么久，就是因为我担心你们无法适应这种生活方式。我们追求的是天人合一、与大自然和谐相处的生活理念。人与自然之间，存在着一种自然的循环，譬如土地上的粮食被人食用，人排出的粪便再变成绿色肥料滋养土地。大自然赠予我们多少，我们就消耗多少，不刻意改变大自然，大自然也就不会暴力地改变我们。

“贪婪的人类无休止地向土地索取，土地回报不了那么多，人类便使用工业化肥。土地就像不断吸毒一样，变成一个病人，无法为人类提供健康的食品。”

韩津说到这里，振臂高呼："从现在开始，就让我们放弃人类的贪婪，与大自然和谐相处吧！"

他的精彩演讲，把他身边的志愿者感动得涕泪横流。

虽然马晓寒也跟着志愿者喊口号，但是她却很清醒。如果按照韩津的理念生活，中国还要遭受几次"八国联军进北京"，不知道还得有多少次"14年抗日战争"。

时代是飞速向前发展的，这是必然，谁落后谁就挨打。

韩津见志愿者们的热情被激发出来，更加兴奋："伙伴们，我预计，最多十五年，地球生态系统就会彻底崩溃。到那时候，贪婪的人们，就会为他们的贪婪埋单。国家之间为了获得越来越少的资源，会发动核大战，把自己从地球上抹去。那时，这里就是人类的诺亚方舟，我们就是新时代人类的种子，因为我们已经和自然和解，学会控制欲望，人类全新的文明将在我们手里诞生！"

"世界发生核大战，这里还能安然无恙？这是什么理论？"马晓寒看看左右，很多人把韩津的话奉为圭臬，崇拜得五体投地。

"来到这里，不仅能降低他们的欲望，还能降低他们的智商。"马晓寒在心里暗自嘀咕。

韩津从方喆手里拿过一套旧衣服，穿在身上，又捡起一把粪叉，指指旱厕，大声说："今天，你们就体验一下新世界的第一课吧！"

面对臭味难闻、蛆虫乱爬的排泄物，刚才把口号喊得震天响的志愿者都犹豫了。

马晓寒却大步向前，抄起粪叉，站到韩津身边：“伙伴们，这是我们的选择，这是我们的理想，也是大自然对我们的考验，我们还犹豫什么呢？干就完了！”

“你得换件衣服。”韩津小声提醒。

马晓寒大声说：“这是一种给心灵整容的修行，我愿意接受！”

新的一年，研学班从 B01 班发展到 B05 班。

肖雅雯快到预产期，中科院把她和许彦波调到课题组，所有班级由新导师负责。

A01 班中的 10 个少年，除罗佳亮考入麻省理工学院，其他 6 人也参加了高考，都考入了自己理想的大学读理想的专业。

在斯瓦尔巴群岛，尚初宇和张语桐一见如故。尚初宇听她讲述科学技术史后，很感兴趣，立志要学这个专业。

尚初宇高考分数，几乎是满分，却选择攻读科学技术史专业。这是一个冷到不能再冷的专业，每届只招两名新生，和研究生一起上课。

她的选择，出乎父亲尚磊的意料，不过他尊重女儿的选择。

张凡和阿力赤却想在研学班再学习一年。

张凡留在国内，加入 B04 班。阿力赤主动要求去设在东非共和国的 B05 班，因为 B05 班的研学内容是研究尖端农业技术。

东非共和国在中国的支持下，经济发展速度已经成为非洲第一、世界第二。他们创造的经济奇迹，受到各国人瞩目。

半年前，卡尔比总统访华，专程到网讯公司总部商谈在东非共和国发展电子商务事宜，尚磊全程陪同。闲暇时，他和卡尔比谈到女儿尚初宇参加国内研学班，获得肉眼可见的成长、成熟。卡尔比意识到这种新型研学班的价值，就问尚磊，中方能不能到东非共和国开展类似的教学工作。

尚磊与中科院领导商谈后，中科院领导认为，这种文化输出的意义很大，就答应在东非共和国成立 B05 班，计划在国内招收两名学生，在东非共和国内招收 8 名学生。

宋梓馨不想再和比她大六七岁的青少年在一起学习，也选择加入 B05 班学习。

她年纪这么小，远赴万里之外的异国他乡，杨真担心她适应不了，建议她加入国内的 B01 班或者 B02 班。

杨真提醒她，东非共和国不仅距离中国很远，那里的经济水平还不如 100 年前的中国。边境战争刚刚停止，国内民族矛盾非常尖锐，人身安全都没有保障。

宋梓馨却认为，阿力赤能适应，她就能适应。

她坚持去的理由有二：一、在不同的环境中，每天都有新收获；二、王鹏翔负责整体教学，阿婕莉娜担任行为导师，有他们在，她就没有什么担心的。

杨真和江志伟无法说服她，只好尊重她的意见。

临行前，许彦波和肖雅雯把A01班的少年请到自助餐厅，为阿力赤、宋梓馨饯行。

肖雅雯挺着大肚子，满脸幸福地坐在女生中间。

待少年们坐好之后，许彦波举起果汁杯，大声说道："同学们，去年开学前，我和肖老师面对你们的资料，几乎把你们入学之后可能发生的最坏事情都想到了，包括不受约束的你们，出现霸凌现象。

"我们相处的一年中，你们却改掉了入学前的所有毛病和陋习，在普通学校普通学生中经常出现的问题，你们都自觉地规避了。你们把自己的所有注意力，都集中在学习和成长上。你们相互帮助，养成了良好的学习和生活习惯，相信这才是你们享用一生的财富。我希望你们带着这些财富、友谊，走进新的环境，让自己变得更加完整、完善和完美。有两名同学将远赴非洲，希望你们把这笔财富带给非洲的同龄人，与他们一道，打造和谐、友善、科学的世界！"

许彦波的话，让少年们深受启发、感动，报以热烈的掌声。

半个月后，王鹏翔、阿婕莉娜、宋梓馨和阿力赤坐上东非航空公司的客机，直飞东非共和国，为 B05 班的相关事宜做准备。

阿力赤万万没想到，王鹏翔会成为他的导师。他认为，王鹏翔只是抓坏人的警察，能打能杀，不一定能带好学生。于是他怯声怯气地问道：“王老师，如果以后我遇到理解不了的知识点，您能帮我解决吗？”

王鹏翔明白阿力赤的意思，笑道：“你觉得我只是头脑简单、四肢发达的武夫？我当年可是全省理科状元。如果我不当警察，早就成研究员了！”

“他确实是学霸，咱们遇到的问题，在他那里都是小儿科。”宋梓馨补充道。

阿力赤转向阿婕莉娜：“您为什么要去东非共和国呢？”

阿婕莉娜告诉阿力赤，她是为了追寻父亲谢尔盖的足迹，主动申请随王鹏翔奔赴东非共和国的。

当年，谢尔盖是俄罗斯特种部队的基层军官。俄罗斯和东非共和国进行军事交流，谢尔盖奉命到东非共和国任教官。现在在东非共和国的军队里，好多军官都是谢尔盖的学生。

“你到了东非共和国，岂不是像到家里一样吗？”阿力赤对此非常羡慕。

阿婕莉娜做出噤声的手势，低声说：“我父亲的学生，并不支持现在的执政党。”

聪明的阿力赤和宋梓馨，却理解不了这个问题了。

王鹏翔接过话茬儿：“我们出国研学，就是为了拓展自己的视野。不管你们现在懂不懂，相信你们肯定能找到相应的解决办法。没有人生来就是军事家，军事家都是在战场上打出来的。”

他们登上东非航空公司购自中国的大型宽体客机，才意识到东非共和国并不像他们想象中那么落后。机舱内，几乎和国内大型客机一模一样，空乘很漂亮，个个都会说中文。

10 小时后，他们降落在非洲最大的机场上。这座机场年运送 3000 万人次，相当于中国一个省会机场的运力。

进入候机楼，所有指示牌都用英、汉、安哈拉三种文字标注，让他们感觉像到了国内某个省会。

他们从贵宾通道走出来，看到一个当地中年男人、一个中国少年举着“B05 研学班”的标牌张望。那个十二三岁的中国少年看到他们，便挥手喊道：“导师，我叫周宏伟，B05 研学班学生，爸爸让我来接你们。”

那个中年人指着工作服上面的“HE”标志，用中文介绍自己，他叫泽梅德内，是中国 HE 集团东非分公司的技术员。周宏伟是 HE 集团东非分公司经理周捷的儿子，听说他要接机，便跟他一起来了。

他们来到停车场，坐进带有“HE”标志的商务车。

泽梅德内驾车驶向首都亚当城。

亚当城是东非共和国最大的城市，有 500 万常住人口，不过看上去却像 21 世纪初中国西部的中型城市，到处都是建筑工地。

一趟轻轨将要驶来，泽梅德内把商务车停在路口等待。

“怎么不修一座立交桥呢？”宋梓馨第一次看到马路和轻轨共用一个十字路口的交通模式。

“我们经济实力有限，暂时还修不了那么多立交桥。不过我相信，会越来越好的。”泽梅德内自信地说，“很多中国的跨国集团来东非投资，会让我们富起来的。”

马路上行驶的，大部分是老款的丰田、本田二手轿车，偶尔会出现一种车型很漂亮、很时尚的轿车。泽梅德内告诉他们，那款新轿车是东非和中国合资生产的轿车。

“那是什么单位？”阿力赤指着远处一幢两百多米高的大楼问道。

泽梅德内说，那是东非商业银行新总部大楼。

“它是不是非洲最高的大楼？”王鹏翔问。

“刚建成的时候是，不过只保持了一年。”泽梅德内说，“现在非洲第一高楼是埃及的尼罗河塔。不过，它也是中国公司承建的。”

路边的广告牌上，都是一个帅气的当地男人推销新汽车、咖啡、时尚服装的图案。阿力赤判断广告牌上的人肯定是当地的电影明星，便向泽梅德内求证。

“现在我国还无法拍摄电影或者电视剧，当然就不会有影视明星。他是我国长跑皇帝尔克，20 次打破过马拉松世界纪录。”泽梅德内自豪地说。

东非共和国盛产中长跑运动员，因为国力不济，大部分运动员都移民到欧美国家，只有尔克不为金钱所动，默默地捍卫着这个古老的长跑王国地位。

他们驾车穿过主城区，来到工业区，远远看到醒目的“东方工业园”5 个中文大字。一排高层建筑吸引了他们的注意力。

这排通体泛着淡淡绿色的建筑共有 11 栋，每栋的造型都不一样，有的呈莲花状，有的呈方匣状，从远处看像一株巨型植物。

每栋建筑的顶部竖立着一个巨大的英文字母，合起来就是“Human energy”。

看样子，这就是全球顶尖的高科技食品公司。

阿力赤激动地指着那个建筑群喊道：“垂直农场，全球最大的垂直农场！”

垂直农场，就是他们此行的目的地。

第三章

半个地球

垂直农场的一期、二期工程，全部由中国建筑公司承建，三期工程刚刚完成，空气中还飘溢着油漆的味道。

泽梅德内把商务车停在宿舍楼门口，卸下王鹏翔等人的行李。安置好他们的住处后，时间尚早，他就把他们带到办公楼。

每个楼门口，都有持枪的保安。

“保安还能持枪？枪里有子弹吗？”王鹏翔好奇地问。

“必须有啊！”泽梅德内介绍道，“几年前，当地的叛民暴乱，冲击工业园，导致数百人伤亡。”

他们首次看到荷枪实弹的保安，心里不免有些紧张。

办公楼门口，20名刚入职的东非青年穿着整齐的工装，在门口列队。总经理周捷站在台阶上，给他们讲话。

“同事们，这不仅是中国的公司，更是追求一流科学技术的公司。你们来到这里，不仅要学习中国文化，更要学习科学思想。要想让你们的祖国变得强大，你们的民族更有尊严，那就接受科学。我用50年的人生经历告诉你们，这是唯一改变命运的办法，现在免费送给你们……”

王鹏翔等人和20名新员工一起鼓掌。

讲话完毕，周捷带领王鹏翔等人来到办公室。

王鹏翔看到周捷办公室的墙壁上，挂着一张写着“齐民斋”的条幅，不明白是什么意思，就指着条幅问道：“周总，我有些看不懂——”

周捷笑道：“我自幼熟读中国历史名著《齐民要术》，把贾思勰当作我的榜样，因此把办公室命名为‘齐民斋’。”

王鹏翔笑道：“周总肯定是有故事的人，能不能给我们的学生分享一二呢？”

周捷告诉他们，十几年前，他的母校农学院把他派到非洲推广农业技术，培训这里的农民和基层官员。他发现，这里的人不但懒惰，纪律性更差。定好早上9点开始培训，他们在午餐前能到齐就不错了。然而东非共和国的人，与其他国家的人完全不一样，定好早上9点开课，他们8点就已经来到课堂，用求知若渴形容都不为过。

他因此喜欢上这里的人，想帮助他们脱贫致富。回国之后，他入职 HE 集团，不久就成为中层领导。集团高层决定拓展非洲业务时，很多人不愿意去，他却主动报名，并建议把集团非洲总部设在东非共和国。

得知卡尔比总统准备和中国合作，成立“科学种子工程”东非研学班，他主动请缨，为研学班提供运营经费、宿舍、车辆和研学场地。

周捷介绍完自己的情况，询问阿力赤和宋梓馨：“两位小朋友，你们能适应这里的气候吗？如果你们想在这里转一转，可以让周宏伟做你们的向导。”

晚餐时间到，周捷把众人带到餐厅。

餐厅的师傅给每个人准备了套餐，用不锈钢盘子端上来。

“听说研学班有‘食物教育’课，我想见识一下。”周捷指着盘子里的苔麸饼、配菜和矿泉水说，“这两位同学肯定第一次到东非，这是当地人常用的主食，你们能不能适应？”

他之所以这么问，是因为周宏伟到东非共和国之后，勉强吃一顿苔麸后，就再没有吃过。

在周捷指导下，宋梓馨拿起一张苔麸饼，卷好配菜，放入嘴里细嚼慢咽。她觉得，苔麸饼除了发酵产生的酸味儿，并没有特别的怪味儿。和她在饥饿教育中吃过的东西相比，苔麸饼完全是美食。

阿力赤也模仿宋梓馨的样子，连续吃了三张苔麸饼。

周宏伟见比自己年纪还小的宋梓馨都能吃苔麸饼，他也不好意思拒绝，勉强吃了两张苔麸饼。

周捷点点头："我怎么劝他都不好使，看来榜样就是力量。"

服务员又在他们面前摆上果盘。这些水果，来自种植楼。

这里盛产咖啡，每个人自然要品尝。不过，这些咖啡，也都是经过 HE 集团改良后的产品。

听说阿力赤是四川人，周捷用手机上网，找到四川省地图，让阿力赤确认他家乡在哪里。

阿力赤找出之后，周捷告诉阿力赤，他曾祖在阿力赤的家乡从事过地质勘探工作。

他曾祖大学还没有毕业，就响应国家号召，去大西南参加地质勘探工作。曾祖说，那时山里地少人多，无论春夏秋冬，当地的山民每天只能吃两顿饭。

他感叹道："我曾祖那时 21 岁，因为要入乡随俗，每天也只吃两顿饭。勘探工作，每天要跋山涉水，体力消耗巨大，瘦得皮包骨头。"

"现在我的家乡变化太大了。"阿力赤自豪地说，"我们县城的城建规模和这里差不多，就是人口少。"

周捷说："这里已经是东非共和国最繁华的城市了。以后你们多出去走走，会看到什么是真正的赤贫。人，只有见过真正的赤贫，才能学会珍惜。"

后来，他们就谈到研学班的话题。

周捷说："我不仅是 B05 研学班的资助人，还是学生的家长。一周前，我收到教学大纲后，就结合当地的情况进行了修改。"说着，他从包里拿出修改后的教学大纲递给王鹏翔。

王鹏翔大致看了看，周捷确实提供了很多有建设性的建议，不由得对他竖起大拇指。

餐后，泽梅德内见阿力赤、宋梓馨有些疲惫，就安排他们休息。

王鹏翔等人回到周捷的办公室，继续谈论教学大纲。

周捷告诉王鹏翔："亚当城虽然也有西方快捷食品，但一般都是外国人购买，当地人的月薪只够买 20 个汉堡，所以不用担心这里的孩子迷上西方那种毫无营养的快餐食品，他们根本买不起。在这里，防御传染病才是食品安全的重中之重。"

周捷指着卫生教育课程提出建议，开班之后，一定要给学生发放驱虫药。这里的孩子身上，大半有寄生虫，30% 的人身上有虱子。

"虱子？"阿婕莉娜难以置信，"我只在网上看到过那种东西。"

周捷笑道："其实我在国内也没见过，不过听曾祖说，他小时候，他班上的老师要定期检查学生身上有没有虱子。那时候，每家的卫生条件都很差，每人一个季节只有一套衣服，所以就会生虱子。这里的生活水平，和我曾祖小时候差不多。"

王鹏翔惊讶得瞪大眼睛。他实在想不到，社会发展到今天，地球上居然还有这么贫困、落后的地方。

此刻，远离东非共和国的荷兰海牙，一所大学的一间报告厅里，挤满各种肤色的观众。他们面前的投影屏幕上，分别用英、汉、俄、法和阿拉伯语显示着“世界人民法庭”字样。

世界人民法庭，看上去很“高大上”，其实并不是合法的官方机构，而是各国民间生态群体联合成立的抗议组织。虽然很草根，却办得有模有样。今天，这里将出现三个“主审法官”，分别是世界生态少年领袖阿德里安、中国生态网红大师韩津和黑人作家埃斯金德。

被告席上不是某个人，而是一捆来自中国的画眉草。

画眉草，是一种专门为饲养牛羊研制的高科技草本植物，是几代中国农业科学家、畜牧业科学家的研究成果。它富含高蛋白和各种维生素，用它喂养牛羊，不但能缩短牛羊的出栏期，产肉量也增加三至五倍，而且肉质鲜美无比且营养丰富。

起诉书中指控，画眉草最大的“罪恶”，就是已经在全球种植 2000 万公顷，挤压了自然界其他草类的生存空间。

当然，旁听席上自然不会有“被告和原告的家属”，而是来自西方各大媒体的记者，还有西方各大院校的师生。

审判席上的黑、白、黄三个人，不仅代表世界三大人种，还代表老、中、青三代人和欧、亚、非三大洲。这种代表性，几乎能涵盖人类所有群体。

开庭时间到，埃斯金德高举双手，向台下宣布，经合议庭合议，决定由韩津宣布判决书。因为他来自画眉草研发地和种植技术推广国，由他宣判才能彰显公平、公正。

韩津站起来，用中文和英文先后宣读了一遍“判决书”。

“我们在此表达全人类的愤怒。经来自全球各国数百位专家分析，画眉草具有三宗罪：第一，它危害环境，破坏土壤，消耗水资源，扼杀植物的多样性。因为它的高产、高效，致使牧民纷纷放弃大自然原有的草类植物。现在，世界四大草原上几乎都是这种单一草类。这是违反自然规律的行为，侵害了草原上其他植物的生存空间。

“第二，画眉草属于单倍体育种植物，中国科研机构掌控着种子培育专利。各国牧民每年要向中国购买种子。此举严重侵害了人类自主选择食物的权利。

“第三，用这种违反自然规律的草料饲养牛羊，严重危害人类健康，并且导致草原生态链崩溃。

“基于上述三宗罪，我们在此呼吁世界各国政府，尤其是发展中国家政府，无论它的产量有多高，无论用它饲养的牛羊能产生多大的经济效益，都必须拒绝它。因为它能透支国民的健康、生态链的未来。我们呼吁世界各国消费者拒绝食用用画眉草喂养的牛羊肉，否则，你们的口感有多好，健康就有多糟糕。”

待各大媒体的记者把“控诉书”的内容上传网络后，会议才进入第二项。

审判席提出“半个地球”倡议书。这次由埃斯金德宣读。他建议，人类将自身活动空间压缩为现有的一半。具体来说，让自然保护区总面积占据一半陆地。

当然，不可能具体地划出半个地球设置保护区。这个倡议，是要让无人区和有人区间杂分布，每个城市周围都要建设大片无人区。

“工业魔鬼降临之前，人类只占用半个地球。只要我们克制欲望，仍然能回到那个时代。届时，我们今天面临的一切困境，从环境污染到资源危机，从气候变暖到物种灭绝，都将彻底缓解。”埃斯金德描述着那个伟大的时代。

“也就是说，海牙附近建立几千平方公里无人区？”一个当地自媒体记者提问。

“是的。如果不能做到，那么在荷兰的偏远省份可以多建设一些无人区。”埃斯金德展开一幅荷兰地图，上面已经标出他们规划好的无人区。当地居民要彻底迁移，把土地还给大自然。

“如果荷兰政府不接受这个建议怎么办？”记者提出一个很实际的问题。当然，他们也不想知道荷兰政府会如何决定，而是想知道埃斯金德如何回答这个难题。

没想到，埃斯金德却王顾左右而言他。

“其实，这只是个倡议。大家都知道，我已经准备回国参加总统竞选。如果我成功当选，就会给世界树立一个榜样。我将证明只需一半国土，就能养活所有国民。”埃斯金德胸有成竹地说，“20 岁那年，我来到利兹学院，接触西方文明。那时候，我和很多懵懂的同学一样，迷信科学，向往现代化。半世纪的教训已经够多了。乘我的祖国中毒尚浅，我必须要帮她远离工业公害。”

一个记者站起来问道：“请问埃斯金德阁下，根据可靠消息，东非共和国政府和中国教育机构联手，准备在东非共和国成立一个研学班，专门培养高科技人才。如果你当选总统之后，会允许这种研学班存在吗？”

埃斯金德的回答很干脆，只有两个字：“决不！”

周捷、王鹏翔等人讨论完教学大纲后，王鹏翔和阿婕莉娜回到自己的办公室，审查东非共和国教育部提交的学生名单。这份名单，是由东非共和国教育部从全国各地重点学校优质学生中遴选出来，由卡尔比总统审定核发。

国内第一届 A01 研学班中，年龄最大的学生只有 14 岁。鉴于东非共和国教育水平比较低，选拔的范围扩大到 15 岁。

每个学生的档案里，附有一份英文科学性向测验表，由学生的班主任填写，并提供他们所有学年的成绩单。

每个通过选拔、自愿入学的学生，要填写一份申请书。那些申请书，都是学生用安哈拉语写成的。王鹏翔和阿婕莉娜看不懂，便请泽梅德内译成英文。

王鹏翔和阿婕莉娜通过比较、论证、最后从 30 名学生中筛选出 7 名。

第一个进入录取名单的男生名叫穆尔吉亚，15 岁，格雷族。他父亲就是东非共和国安全秘书长基夫莱尔。

“他的条件非常好，不过是官二代，但愿他没有不良习惯。”阿婕莉娜对官二代的印象不太好，有些担心，“他是很调皮的孩子，咱们能镇得住他吗？”

王鹏翔笑道：“你这是惯性思维，并不是每个官二代都那么糟糕。他们拥有丰富的教育资源，起码比一批人有优势的。”

第二个进入名单的少年，是女生伊斯梅尔，格雷族。母亲丹萨是全国闻名的狠人。丹萨出生在农村，15 岁嫁人，给家里换回 3 头牛。结婚以后，她坚持不退学。好在她丈夫知书达理，支持她继续读书。

在丈夫的支持下，丹萨可以和丈夫同在一张桌上吃饭，不用回避客人。

高三时，丹萨怀孕，预产期在高考之后。不料在高考前一天，丹萨羊水破裂，生下伊斯梅尔。她不想耽误考试，监考官便把试卷送到产房。

丹萨在产房完成高考，居然还能金榜题名，成为当地的传奇人物。她现在是玛丽中学的校长，研学班招生，她立即给伊斯梅尔报名。

伊斯梅尔渴望学习中文，她的申请书有两份，一份是用安哈拉语写的，一份用中文写的，表达她到研学班求学的决心。

男生贾比尔，奥莫罗族，曾在中国援建的学校就读，能用中文进行对话。他痴迷中国文化，自然不放过送到家门口的学习机会。

索马里族女生卡莉由 GC-ML 基金会推荐。GC-ML 基金会东非分会负责人黛斯蒙娜，知道她好学上进，担心贫穷埋没了她的天赋，就推荐她到研学班学习。

男生纳夫科特也来自索马里族。他父亲是当地一个部落的酋长。

15 岁的女生海亚特来自知识分子家庭。她父亲是东非国立大学教授，在教育界有一定的知名度。

女生埃莱妮，安哈拉族。她来自农村，有 6 个兄弟姐妹。她的哥哥赞巴卡，毕业于东京理工大学，不久前，他和 9 名留学生联合发起“黑色工程师运动”，号召非洲青年走出去学习科学技术，成为工程师，改变非洲贫穷落后的现状。

“黑色工程师运动”深受卡尔比总统重视，邀请他们回国到最高学府任教，在国内推动“黑色工程师运动”。赞巴卡得知中科院要在东非共和国举办研学班，就给埃莱妮报名。

看完学生的资料，王鹏翔闭上眼睛，久久不说话。

“累了吧，要不早点儿休息？”阿婕莉娜关切地问道。

王鹏翔摇摇头，说：“教学不比办案。我这个半路出家的导师，不知道能不能胜任。”他指指学生的资料，“这些少年，可都是天赋异禀的人才啊。”

阿婕莉娜笑道：“许彦波教授说，咱们的主要任务是引导，而不是改变。你有什么好担心的呢？”

B05 研学班准备设在 HE 集团东非分公司院内。

周捷在环境优美、不受打扰的区域内，选出一间 100 平方米的办公室，改为教室。把离教室很近的独栋小楼，改为男女生宿舍。

开班典礼那天，许彦波作为“科学种子工程”项目创办人，专程赶来为东非 B05 研学班挂牌。B05 研学班发起人基夫莱尔、HE 集团东非分公司经理周捷、东非教育部官员，以及中国大使馆代表、学生亲属等三十多人，出席 B05 研学班挂牌仪式。

许彦波的讲话很特别，他不讲具有外交辞令的套话，也不讲畅想未来的空话，而是讲 A01 研学班的传奇故事。

最后，他强调，这种开放式的研学班，2/3 的课程由办学方设计，1/3 的课程由学生自己选择。他并不设想一年以后

B05 研学班取得什么样的教学成果，因为这取决于学生和导师的共同努力。

周捷作为 B05 研学班资助方代表，并没有介绍他的 HE 集团，也没有推荐 HE 集团的产品，而是给少年及少年亲属讲述了他儿时的故事。

少年时的他，非常喜欢阅读科幻小说，但他却不像其他同龄人那样，喜欢外星人入侵地球的故事，或者时空旅行的故事，而是关注未来科学家会发明什么好吃的东西。

在《丢掉鼻子的大象》里，他看到大如大象的肥猪；在《石油蛋白》里，让他记住用脱蜡细菌制成的奶粉；读过《永生粮》，他就想象靠空气和阳光就能生长的真菌团是什么样子；看罢《小灵通漫游未来》，他就渴望夏天长的萝卜和冬天长的黄瓜。

受这些描写食物的科幻小说影响，他把高考志愿表所有栏目都填上农业大学、农学院，设想通过他的发明创造，让人们吃到更好吃的食物。

他告诉东非少年，中国曾经也是贫穷、落后的国家，通过几代人不懈努力，才成为经济强国、科技强国。

基夫莱尔作为家长代表发言，鼓励东非的少年们，珍惜这个难得的机会，努力学习，将来用自己的智慧和才能，改变东非贫穷、落后的现状。

B05 研学班挂牌仪式结束后，中、东官方代表离去，教室里只剩下王鹏翔、阿婕莉娜和10个少年。

王鹏翔、阿婕莉娜给少年们发放服装、箱包和检测工具。

东非共和国卫生条件差，免不了遇到食品安全问题。HE集团东非分公司给B05研学班配备了检测盒，可以检测食物中各种重金属和各种细菌的含量。检测盒里有已经修改DNA的微生物，只要他们将少许食物放在上面，就能检测出两千万分之一的铅，或者三亿分之五的砷。

每个少年领到一个紫外线消毒杯，杯子内置独立电源，装入水后，盖上盖子，开启电源，紫外线就会贯穿杯子，瞬间杀死水中99.9%的细菌和病毒。

宋梓馨和阿力赤对这些物品见怪不怪，东非那些少年却视为珍宝，小心翼翼地抚摸着，急切地期待着第二天的教学内容。

开学的第一节课，竟然是健身课。

健身狂人周捷，把HE集团东非分公司的一个设备最齐全的健身房留给B05研学班。

奥运会女子体操全能铜牌获得者阿婕莉娜，随便做了几个体操动作，就征服了10个少年。

B05研学班少年的“知识海洋”软件已经升级，增加了身体监测软件。创可贴式的检测卡被植入芯片取代。昨晚，阿婕莉娜就给少年们肩头植入一枚芯片，并告诉他们，芯片会在他们结业时取出。

运动完毕后，阿婕莉娜让宋梓馨把两个拇指放在“知识海洋”的屏幕上，屏幕上就会出现她的心电图；让穆尔吉亚冲“知识海洋”屏幕吹口气，屏幕上就显示出他的血糖含量……

见“知识海洋”如此神奇，东非少年们惊诧不已，纷纷让宋梓馨、阿力赤教他们体验其他功能。

休息时，阿婕莉娜让周宏伟和少年们分享他家的趣事儿。

周宏伟告诉少年们，他爸爸不仅是农业专家、营养专家，还是健身狂人和体测狂人。他家里有各种高端检测仪器，每月、每周甚至每天，他爸爸都检测自己的常规血压、血糖、心脑电图，几十种蛋白质和微量元素的摄入与代谢量，甚至家里的马桶都改装过，排便之后，只需按下一个键，就能检测出粪便中的各种成分，以及肠胃功能如何。

他家沙发前的地毯，就是一个高科技的检测毯。家里人只要站上去，一些数据就会出现在电视屏幕上。

周宏伟告诉少年们，今天吃完早饭后，他的体内有 1.5 毫克锌，15 毫克铁……

即使是海亚特和穆尔吉亚，对这样的高科技产品，都闻所未闻，仿佛听科幻故事一样。

阿婕莉娜告诉东非少年们，在中国，很多人都是自己的医生，普通疾病用家里的诊疗仪器就能准确判断病情，并得到最佳治疗方案。目前东非共和国还没有发展到那种水平，但她相信，只要从现在这代人开始，相信科学、尊重科学，一起为实现科学强国奋斗，东非共和国也会变成现在的中国。

“唉，我这辈子可能赶不上了。即使能赶上，我那个保守的酋长爸爸，也未必能接受。说实话，就是因为这个研学班是中国人办的，他为了自己在部落中有炫耀的资本，才把我送到这里来。”纳夫科特叹气道。

“纳夫科特，你别灰心。你爸爸不接受，是因为他没有见识过。我哥哥说，他们会通过他们发起的运动，让更多东非人接受科技、爱上科技。”埃莱妮认真地说。

休息时间结束，阿婕莉娜对少年们进行体能测试。

东非人运动天赋都很高，少年们适应跑步机之后，就显示出巨大的体能优势。他们的数据，远比阿力赤、周宏伟的数据好看。

体能测试完毕，阿婕莉娜教少年们一套特殊体操。她说，科研工作者需要久坐，到了一定年纪，他们的腰椎病就会频繁发作。这套特殊体操，专门锻炼腰背肌群，能大大降低知识分子职业病的发病率。

阿婕莉娜打开伊斯梅尔的“知识海洋”，启动行为监测程序后，她坐下，这个程序就会把她的坐姿以卡通形象呈现在屏幕上。坐姿端正时，卡通形象是绿色的，笑脸；坐姿稍微出现错误，卡通形象就会变黄，甚至变红，哭丧脸；坐姿出现严重错误时，卡通形象就会变黑，号啕大哭。

阿婕莉娜说：“学会健康生活，这是你们在研学班的必修课。将来你们进入大学，那些从传统学校走出来的学生会诱导你们抽烟、喝酒、嚼洽特草。遇到这种情况，不用直接拒绝，在手机里安装这种小程序，你们就会看到他们的身体是如何一点点垮掉的。”

健身课结束后，让宋梓馨、阿力赤感到惊讶的是，他们竟然去垂直农场实习。这完全与国内的A01班教学内容不一样。

垂直农场，就是用高层建筑种植农作物。

这种创意，源自中国人喜欢在楼房的楼顶、阳台上，用箱子装土，种植花草或者蔬菜，以此怡情养性。

当然，垂直农场节约土地、节约空间等优点很多，但是因为技术含量高，建造成本、运营成本也非普通农场能承受的。由于这个巨大瓶颈无法突破，因此一直停留在实验室里。

直到东非共和国对外开放，肥沃且廉价的土地，极低的人工成本，便利的海上运输条件，使东非共和国成为农业投资热土。三家中国主营农产品的集团，联合成立“人类能源公司”，以东非共和国为试点，进行垂直农场试验，没想到居然成功了。

他们调来国内顶级的研究高产种植的科学家，设计出专门种植农作物的建筑。这种建筑一般都有十几层楼高，中空，大范围使用玻璃幕墙，里面摆放一排排种植架，由计算机的追光系统控制，种植架随阳光调整角度。种植架上没有土壤，全部使用营养液。

“亩产万斤”曾经被认为是违反科学常识的笑柄。现在，垂直农场不但把这句话变成现实，还创造出每亩地年产 7 万斤玉米的纪录。这种种植方式很简单，就是把土地竖起来使用。

垂直农场只要做好种子、化肥、人员的检疫工作，农作物就不受任何病虫害侵袭，所以没必要使用农药。HE 集团在试验成功后，建设了 11 个垂直农场。因为成本低廉，农作物高产且品质优良，迅速打开海湾 6 国的酒店和高级餐厅市场，然后成为 30 万居住在东非共和国中国人的主要食品供应商。

师生们换上特制工装，进入一个垂直农场。

他们发现，垂直农场的墙壁上，到处是覆盖着过滤网的通气孔，孔洞直径只有一微米。这种设计，不但保证垂直农场通风透气，还能屏蔽各种害虫。

周捷站在种植架前，告诉他们，目前垂直农场还处于起步发展阶段，普通农户还经营不起。但是他相信，通过科研人员的不断努力，会成为可以大面积推广的种植模式。

“周总，既然 HE 集团经营垂直农场非常赚钱，为什么还要大力推广呢？”阿力赤不理解周捷刚才的话。

周捷语重心长地说：“优秀商人的使命，在于改变人们的消费模式或者消费习惯。我作为商人，创建垂直农场，就是为了实现‘半个地球’的理想，就是想把一半陆地还给大自然。要想实现这个理想，只能进一步发展农业科学技术，让全球 95% 的人进入城市，生活在 3% 的陆地上。只有这样，才能大量减少农业用地。空置出来的土地，整合成自然保护区。

“实现这个目标的前提，必须保证全世界人民吃得好、吃得科学。在此前提下，依靠良种、优质化肥、绿色农药、合理灌溉、便利运输，才能把亩产量提高 5 倍以上。垂直农场的种植模式如果在世界各地普及，农业总产值会提高十几倍。”

少年们听完周捷的讲述，惊讶得张大嘴巴，在脑海中勾勒周捷描绘的农业前景。他们暗暗下决心，就在他们这一代，实现“半个地球”的美好理想。

第四章

基因推土机

B05 研学班的 10 个少年围在桌子前，注视着桌上的药瓶。

王鹏翔像准备表演的魔术师，神秘地说："同学们，今天我们见识一下科学的重要特征——数量化。在科学世界里，没有具体的是非善恶，一切都要在量化之后才能确定。"他拿起瓶子，"这里面是双对氯苯基三氯乙烷，英文缩写为 DDT，是人类第一种合成农药。1948 年，他的发明人获得了诺贝尔生理学或医学奖。"

王鹏翔开始介绍 DDT 的辉煌历史。

"第二次世界大战后，防疫人员把 DDT 喷洒在废墟上，奇迹般地阻止战后瘟疫大流行；把它喷洒在印度的田野上，让当地疟疾患者减少了9/10。为了纪念这些肉眼可见的成就，1962年，世界各国同时发行了一套联合抗疟邮票。

“然而，也就是从那一年开始，各国出现了反对使用DDT的观点，理由是它杀死了蝴蝶、游隼，还有美国国鸟白头雕，甚至还会让长期接触它的人，患上包括癌症在内的一系列疾病，要求全面禁止使用DDT。”

说到这里，王鹏翔打开瓶子，往瓶盖里倒了几滴DDT，说：“它对人体有害吗？当然有，前提是50公斤体重的人，一次性摄入超过7.5克。以我的体重，如果让我致病，需要饮下10瓶盖才行。”

他说完，拿起瓶盖一饮而尽，然后笑道：“继续上课。”

王鹏翔这样做，就是让自己的介绍更有说服力。他知道，任何精彩的讲述，都不如让少年们亲眼见证。

他继续说道：“过量摄入DDT，会出现头晕、呕吐、肌肉震颤、面部强直、惊厥、呼吸衰竭等症状，但蔬菜瓜果上的那么一点点，只要清洗干净，根本无法致病的。

“遗憾的是，舆论掩盖了事实，西方发达国家开始禁用DDT，选择价格昂贵的替代品。当然，他们拥有发达的公共卫生体系，根本不把疟疾、登革热或者黄热病放在眼里。

“在中国，每年死于疟疾或登革热的人，几乎趋于零。在东非和西非，分别是38000人和44000人，其中儿童占60%。因为他们始终找不到价格便宜且高效的替代品，世界卫生组织不得不在 2002 年，建议贫困国家恢复使用 DDT，以挽救更多人的生命。

“从物质毒性到国家决策，一切都和数字有关。将来有人对你们说人权第一时，你们不能只看冷冰冰的数字。但是，所有数字都源于事实。不尊重事实的人权，就是纸面上的道德。不依靠科学，人类就不能正确地认识世界、改造世界，更谈不上保护人权。”

“老师，我也喝一点儿。”周宏伟喊道。

“不行。”王鹏翔拧紧瓶盖，“等你们到了法定年纪，有自主民事能力再说。同学们，下面我们谈一谈自己的人生规划。”

A01 研学班试行的人生规划，现在成为 B05 研学班的标准作业。

王鹏翔给少年们讲完制作自己人生规划的要求，然后给他们播放《未来的我》视频。这是 A01 班少年拍摄、剪辑的作品，现在已经拍到 40 集。尽管他们都处在自己理想的人生坐标上，依旧依靠网络进行集体创作，保证每周上传一期新作品。

宋梓馨和阿力赤不用再填写人生规划表，但要根据自己的真实想法完善以前制定的规划。

7 个东非少年把出国留学作为人生目标，他们把中国列为第一选择，依次是美国和欧洲。

“你们不想留在国内吗？”王鹏翔看到7个东非少年的人生规划，有些吃惊。

7个东非少年的家长，把他们送到研学班的直接原因，就是想以此为跳板，让他们顺利到中国留学。

贾比尔表示，他准备移民中国，在中国度过一生。

王鹏翔意识到，东非少年的认知，可能存在重大偏差。

第二天上午，他把曾经在日本获得博士学位、在各种发展中国家生活过、致力于发展非洲经济的周捷请来，给少年们上一堂分享课。

周捷以自己的认知转变为例，和少年们分享自己对国与家的认识。

“在20世纪末，很多中国高智商的年轻人，认为中国的学习环境、成长条件、科研实力，远不如欧美国家，甚至比日本还差，于是以移民为荣，以成为外国公民为荣，甚至成为欧美国家阻止中国发展的帮凶。但是，中国的科研工作者就是在西方大国的各种无理限制中，不断发展科技和经济，硬生生地把中国从科技大国发展成科技强国，并帮助世界各个弱小国家发展。同学们，你们永远记住，有国才有家，只有祖国强大，我们才能有尊严地活下去。

“未来学家阿尔文·托夫勒说过，‘唯一可以确定的是，明天会使我们所有人大吃一惊’。我对这句话深有体会，因为中国科学工作者，用几十年的时间，就达到西方国家一百多年的科研高度。

“我考察过非洲很多国家，最终选择留在这里，和这里的人一道，要把这里变得富有、强大。我希望同学们能和我一样，为了把这里变得更加美丽而不懈地奋斗。”

纳夫科特实在没有想到，这个来自中国的富豪，竟然如此热爱他的国家。

他感动得流下眼泪，抽噎着说：“周总，您不知道，我以前的同学有多无知，都以享用国外的东西为荣，以使用国内的东西为耻。说实话，以前我也是这样。通过这堂课，我改变了想法。我应该好好学习本领，改变这种现状。”

王鹏翔说：“同学们，这些已经注入你们骨髓的认知，不是那么容易改变的。不过没问题，只要你们内心变得足够强大，就会获得第二次复活的。”

中午，B05 研学班的少年们进行饥荒体验。

少年们的餐桌上，出现一种特殊食品——泥土饼。这种饼，是当地农民在青黄不接时，在地下半米处取土，细细筛过之后，做成饼状，烘烤后食用。

这种饼没有任何营养，只能增加饱腹感，而且容易发生便秘，不易排出。更麻烦的是，泥土里有抗高温的细菌和寄生虫卵，容易引发各种传染病。

这种饼，7 个东非少年听说过，没见过。

阿力赤在“知识海洋”中读过明朝历史，据说明朝末年发生大灾荒，老百姓不得不以观音土为食。看到这些历史知识时，他并没往心里去，没想到今天却要面对。

因为是体验课，王鹏翔不可能让少年们真正食用，只是让他们品尝一下。这次他做的泥土饼，经过科学消毒，里面不存在任何细菌或病毒。

少年们艰难地把泥土饼送到嘴边，慢慢品味。

周宏伟的舌头刚碰到泥土饼，就出现呕吐，连忙用清水漱口。

埃莱妮却把小块泥土饼吃完了。她的理由是，她曾经吃过。

王鹏翔乘机说道："同学们，这堂课的意义在于，让你们永远记住，对大自然应该存有敬畏之心，珍惜当下的拥有，我们才能与大自然和谐相处。因为我们永远不知道，灾难和幸福哪个先到。"

就在B05研学班少年们体验饥荒课时，东非国立大学的报告厅里，却是另一番景象。

东非共和国的文化名片埃斯金德回国后，在这里进行第一次演讲。

几十名学者，上千名大学生拥进报告厅，想目睹这位诺贝尔文学奖得主的风采。

闻风而动的媒体记者早早到来，把“长枪短炮”对准讲台，不想错过任何精彩瞬间。

每个座位上，都摆放着埃斯金德的成名作《狱中笔记》，封面的醒目位置，印着他的名言——自由是永久的信仰。

在竞选团队成员簇拥下，埃斯金德与他的忠实粉丝握手、合影、签名，进行各种互动。

这场活动，是埃斯金德竞选团队精心策划的，要为埃斯金德打造一个新形象，要让所有东非共和国国民知道，他虽然名满西方各国，但在国内，他依然是为民请命的作家。

埃斯金德走上讲台，待全场安静下来之后，他宣布，一位重要的嘉宾因为不可抗拒的原因无法到场，此嘉宾将通过视频，给东非的朋友带来新的体验。

埃斯金德介绍完毕，开始播放视频。

画面中，是一个发达国家的城市夜景，路灯下有一排大容量垃圾箱，垃圾箱里堆满各种废弃的食品。

阿德里安走过来，从垃圾箱里拿起一盒蛋挞，对着镜头晃了晃，说道：“嗨，东非的朋友们，我是埃斯金德的好朋友阿德里安，我和他发起一项名为‘垃圾潜水运动’。”他拍拍垃圾箱，指指旁边的超市，“每天晚上，超市加工的食品如果不卖掉，就会扔进这些垃圾箱里，理由是过了保质期。”

下一个画面，阿德里安坐在自家餐桌前。餐桌上摆放着色彩斑斓、诱人食欲的蔬菜沙拉、水果切片、烤肉和蛋糕。

他指着那些食品说："它们全部来自超市门口的垃圾箱。事实上，只要去除它们的污损部分，稍加清理就能食用。非洲朋友们，他们如此浪费这么好的食品，是不是一种犯罪？我告诉你们，欧洲的超市，每天扔掉的食品量，足够养活你们半个国家的人。更可恨的是，欧洲人的冰箱里，有多半食品、蔬菜和水果，最后要扔掉。他们一天扔掉食品、果蔬的数量，又够中等人口国家的百姓食用一年。"

阿德里安拿起水果切片，津津有味地咀嚼着："在过去一年里，我没有购买任何食品和水果，只靠这种食品生活。"他站起来展示一下身体，"我经常去体检，结果证明我的营养很均衡，也没有生过病。"

画面出现一张支票的特写镜头。

阿德里安摆弄着支票："食用垃圾箱里的食品，不是因为我没有钱，而是我不想让自己变成消费的奴隶。你们看，支持我的学生每人捐一美元，就是这个数目——1312090 美元。这些钱，来自欧洲几十个国家的千所学校。那是一次伟大的众筹活动，很圆满，很成功。我准备把这笔钱全部捐给埃斯金德先生，他将带领你们，把罪恶的科技工业魔爪从你们的纯洁家园移除。"

画面一转，一群白人孩子出现在阿德里安身边。他们穿着印有"ER 战斗团"字样的 T 恤衫，整齐地喊着"ER""ER""ER"……

阿德里安对着摄像机喊道:“来吧,兄弟们。你们不是想学欧洲的先进文化吗?我告诉你们,这才是先进文化,未来是田园和自然的时代,请你们跟上它的脚步!下面,请你们用热烈的掌声,欢迎来自中国的生态斗士,也是我的好朋友,韩津!”

在热烈的掌声中,韩津走上讲台。

韩津开始没有使用PPT,拿着麦克风,在讲台上自如地讲话,仿佛和朋友闲聊。

“在这个地球上,曾经到处是大象、老虎、狮子和黑熊,现在只能在动物园里看到它们了。我估计,在不久的未来,麻雀、蜜蜂和蝴蝶也会消失。没错,地球正在被人类迫害致死。对此问题保持清醒头脑的人很少,庆幸的是,这很少的人当中就包括我的朋友埃斯金德先生。”

埃斯金德和韩津针对生态、环境进行演讲,是英国竞选顾问公司为埃斯金德设计的方案。东非共和国的GDP增长率连续10年位列世界前三名,一半人口已经脱贫。如果从经济方面着手,他们完全没有机会,必须另设议题。

东非共和国为了发展经济,不得不先牺牲环境,这也是很多发达国家发展过程中必须经历的一个阶段。现在的东非,环境污染严重、交通拥堵、瘟疫频发等状况,让东非人苦不堪言。因此,英国竞选顾问公司利用东非人这个痛点,攻击执政党。

韩津面对摄像机大声质问："你们是不是认为出门乘坐轻轨更方便？不，你们要抗议建设轻轨中出现的暴力拆迁！你们的执政党为了拥有更多的电能，到处拦水筑坝，代价是淹没了很多村庄和古迹；大批量生产和进口西药，导致这里的细菌拥有更强的耐药性！"

韩津的演讲，引起观众共鸣。他们的国家，为了发展经济，确实付出了巨大的代价。

韩津打开 PPT，大屏幕上出现一望无际的画眉草画面。

韩津介绍道："东非政府为了生产大量的牛羊肉，已经种植了 150 万公顷画眉草，逼迫农民不得不放弃祖先传来的几十种传统品种。"

屏幕上出现五颜六色的硕大辣椒。

韩津介绍道："这是在太空改良过的辣椒，个头巨大，颜色娇艳，就是没有传统的辣椒味道。我告诉你们，它是完全违反自然发展规律的植物。常吃这种辣椒，会降低男人精液中的精子含量，会毁坏女人的输卵管。可以说，它就是导致你们断子绝孙的慢性毒药。"

屏幕上出现垂直农场的建筑画面。

韩津指着大屏幕说："这些奇形怪状的大楼，其实不是楼，而是地球上所有农作物的改造场。这里会生产海量的毫无营养的农产品，挤压传统农作物的生长空间。最终的结果是，这家公司会垄断东非共和国的农产品，到那时，你们所有收入只能用来维持温饱。”

韩津切换了一个苔麸的画面，介绍道：“这是苔麸，是你们赖以生存的传统农作物。如今，中国的 HE 集团利用他们掌握的技术，改变了它的基因。换句话说，也在改变你们的基因。你们不觉得现在东非人生的病，在以前都没有听说过吗？”

一个美国记者打断韩津：“韩先生，你作为中国人，为什么如此评价中国的 HE 集团呢？HE 集团在东非共和国的所作所为，是不是犯罪？”

“没错，我是中国人，但是不能因为 HE 集团来自中国，我就对他们伤害人类的行为选择视而不见！”韩津激动地说。

韩津深深鞠了一躬，然后大屏幕上显示“生活 1900 生态园”的各种画面。他继续介绍：“这是我在中国建造的生态园，园子里的人，不依靠任何科技，坚持手工劳作，自耕自食，追求零污染。”

埃斯金德起身热烈鼓掌，冲观众喊道：“韩先生是东非人真正的朋友，是保证人类健康、有序发展的先驱。来，我们一起为这位来自中国的真正朋友鼓掌！”

掌声过去，海亚特的父亲那加图站起来问：“埃斯金德先生，刚才韩先生提到的 HE 集团，是不是在我国创建垂直农场的企业？”

埃斯金德点点头：“东非土地肥沃、人力成本低，HE 集团才到东非投资。你们记住，商人只有一个目的，那就是最大限度地赚钱，不择手段地赚钱！”

那加图坐下来，陷入沉思中。他的工作是研究英美文学，对农业科技一窍不通。现在，他的女儿海亚特就在HE集团东非分公司投资的B05研学班上学，让他不得不担心海亚特的未来。

埃斯金德举起拳头喊道：“东非人，要健康；东非人，抵制科技侵略！”

台下的观众，也跟着高呼。

让父亲担心的海亚特，正跟随B05研学班师生来到HE集团东非分公司实验场。

实验场里有5头奶牛，看上去和普通奶牛没什么区别。

他们在泽梅德内的指导下，挤出一罐牛奶。泽梅德内从口袋里取出一管添加剂、一个空试管。他把牛奶倒入空试管里，加入添加剂，试管里的牛奶立即变成面团。

他捏着面团，轻轻一扯，一根丝状物被扯出来。然后他把丝状物缠在电动卷轴上，便拉出一卷透明的纤维。

少年们被泽梅德内的“魔术”吸引了。

泽梅德内把纤维丝一端缠在树上，一端拴在木棒上，交给5个男少年拉拽。

一根细到几乎看不见的纤维丝，5 个少年奋力拉拽，居然拉不断。

他们围着泽梅德内，让他解释其中的原理。

泽梅德内告诉他们，HE 集团的研究员，把蜘蛛产丝的基因嵌入奶牛的基因链中，就能培育出这种可以抽丝的牛奶。

泽梅德内拿出一条用“牛奶蛛丝”制成的牵引绳。牵引绳晶莹剔透，直径不足一厘米。

他介绍道：“这条牵引绳，可以拖动 5 辆重型坦克，20 辆大卡车。”

“它能用于组织工程吗？比如制造骨骼、软骨之类的组织器官。”宋梓馨问道。

泽梅德内回答道：“这是 HE 集团的研究方向，生物材料会比无机材料更容易被人体接受。”

“这种牛奶还能喝吗？”埃莱妮问道。

泽梅德内用小勺子从牛奶罐里舀出一勺牛奶，放入嘴里：“味道和营养，和普通牛奶差不多。”

10 个少年纷纷品尝，确实和普通牛奶无异。

晚上，宋梓馨用“知识海洋”与曲哲连线。

她告诉曲哲，HE 集团有一种新材料，可以用来制造人体组织器官，问他母亲是否需要。

为了让母亲彻底康复，曲哲选择攻读中科大生命科学专业。他听到这个消息，追问牛奶蛛丝的性能、试验环节、价格等问题。

一些问题，宋梓馨也搞不清楚，就把泽梅德内的联系方式推给曲哲。

和曲哲聊完，她又和江志伟连线，得知江志伟要搬家了。

原来，宋梓馨不断完善杨永泉的“网灵”后，杨永泉的崇拜者越来越多。其中一位崇拜者打听到杨永泉的生前住址，便来洽购，要把这里改造成杨永泉的私人纪念馆。

杨真住在这套房子里，经常触景生情，感觉压抑无比。崇拜者购房的目的和给出的价格，让她实在无法拒绝，就把房子卖给崇拜者。

宋梓馨庆幸自己完善了杨永泉的“网灵”，不然网友就不会知道他的英雄事迹，也不知道他常驻太空，更不会有这家专题性纪念馆。

她和江志伟聊了一会儿便睡觉了。因为明天早上，周捷给他们上基因工程课。

早上，去见周捷之前，王鹏翔向 10 个少年介绍，HE 集团不仅研发基因技术，还把基因技术用于生活的方方面面。比如他们冲刷厕所、打扫卫生的用水，就来自工业园的污水处理厂。园区的废水储存在处理池中，工程师往处理池中加入金属还原地杆菌，几小时后，污水就得到彻底净化。处理后的水除不能直接饮用外，其他方面都可以使用。

处理池里安装很多电极，污水里的金属还原地杆菌还能发电，发电量能供一栋宿舍楼使用。

“周捷不仅研究其他生命的基因，也公布了自己的基因链。他是个人基因库志愿项目倡导者。只要有条件，他就把基因技术引用到生活的每个角落。”王鹏翔自豪地说，“因此，研究员们给他起了一个‘基因推土机’的绰号。”

不知不觉中，他们就来到周捷的“齐民斋”。

周捷向他们展示了他的基因链数据：“这堆数字就是我。当我生病时，就知道哪些药更适合我。患同样的疾病，对一个人有效的药，对另一个人未必有效，对第三个人可能还有巨大的副作用。这就是基因链的差异性，它的秘密就存在于 30 亿个碱基对中。所以，每个人都需要从本质上了解自己。”

介绍完自己的基因链，周捷让少年们观看全球中学生参加基因工程比赛的视频。

比赛中，美国学生培养减肥细菌；法国学生用基因记录马塞曲曲谱；中国学生操控试验机器人，一次可控制 96 个移液管。

参加比赛的学生，只比这些少年大一两岁，竟然能做出这么“高大上”的东西，让 7 个东非少年羡慕不已。

“如果你们想参加下届基因工程比赛，我可以帮助你们报名。”周捷说。

阿力赤立即举手：“周总，我们能不能用‘蓝藻食物’项目参赛？”

周捷说：“阿力赤，你给大家介绍一下‘蓝藻食物’项目吧。”

阿力赤说，在几十亿年前，地球上几乎没有氧气，蓝藻是最早的生命之一。它含有叶绿素，可以利用阳光消耗二氧化碳，释放氧气。经过几十亿年的努力，蓝藻硬生生地把大气改造成现在这种样子。

不仅如此，这种不起眼的蓝藻，能在石缝、沙漠和荒原上生存，完全不占用耕地。其中一部分蓝藻的营养价值非常高，已经被各国民众当作食材。

阿力赤畅想，利用技术改造蓝藻的基因，取代一部分农作物。

周捷连连点头：“这个项目利国利民，有巨大的研发价值。”

善于思考的伊斯梅尔问周捷：“周总，有位中国专家在电视节目上说，如果非洲人像中国人那样无限制地消费，一个地球根本不够用。周先生，您赞同阿力赤的‘蓝藻食物’项目，是出于这个原因吗？”

周捷笑道：“这种专家，也被中国网民称为‘砖家’。他们只善于哗众取宠，自己从不做调查研究，还什么都敢说。中国科学家的目的，就是依靠先进的科学技术，不仅让全世界的人都过上高品质的生活，还要把半个地球还给大自然。”

在 B05 研学班里，让阿婕莉娜感到头疼的事，不是东非少年们的求知欲，也不是他们的学习积极性，而是他们的生活习惯。

7 个非洲少年，不但喜欢吃肉，还不讲卫生，总是找各种理由逃避洗澡。埃莱妮和卡莉的长发里，纳夫科特的脏辫里，居然还能出现虱子。

东非共和国拥有大量淡水资源，号称“非洲水塔”。可能因为风俗习惯，这里的人一年四季很少洗澡，浑身散发着一股刺鼻的味道，他们却不以为然。

作为行为导师，阿婕莉娜跟 7 个非洲少年一起生活，严格督促他们养成良好的卫生习惯。

纳夫科特总是以宗教信仰、民族习俗、家长限制等理由，不愿剪掉那头脏辫。

阿婕莉娜没有办法，王鹏翔就把他们带到检测室，把从纳夫科特头上取下的虱子放到光学显微镜下，让他们轮流观察。

放大几百倍后，虱子成为凶猛的外星怪物。

纳夫科特看后感到害怕，乖乖地剪掉脏辫。

还有，有的东非少年背地里偷偷嚼恰特草。

这次，王鹏翔没有出面，而是让阿力赤做实验，分析恰特草的主要成分。

经过化验得知，恰特草含水分、蛋白质、脂肪、生物碱，其生物碱主要为洽特碱、洽特次碱等；其脂肪106油中含月桂酸、棕榈酸、硬脂酸、油酸、亚油酸等；此外，还含有洽特红色素、儿茶精、花白素及其聚合物等。

洽特碱、洽特次碱能刺激食用者的神经系统，导致食用者出现亢奋状态，但是食用久了，就会产生依赖性，并且会导致口腔癌、食道癌等病症。

阿力赤说："因为洽特草含有兴奋剂成分，已经被世界卫生组织定为软性毒品。如果你们不希望自己患上口腔癌或食道癌，就应该远离它。"

7个非洲少年看罢检测结果，又用"知识海洋"查阅关于洽特草的信息，决定不再咀嚼洽特草。

让阿婕莉娜更为苦恼的是，东非人的法定结婚年龄是15周岁，十一二岁的东非少年就开始谈恋爱，甚至怀孕。

这几天穆尔吉亚就一直找机会接近海亚特，还向她示爱。

阿婕莉娜早就宣布过，B05研学班内禁止谈恋爱。穆尔吉亚敢这么做，估计他在非洲少年面前有优越感，毕竟他的爸爸是总统的心腹。

阿婕莉娜认为，简单粗暴地阻止穆尔吉亚，必然会伤及他的自尊心，但又不能不阻止。思来想去，她决定给宋梓馨布置一项任务，让她平时不离海亚特左右，让穆尔吉亚没有得手的机会。

针对这种现象，王鹏翔决定临时增加一节课，专门讲男女相处时的基本礼仪，男女之间的基本界线。

开课后，他就讲道：“男女平等是国家现代化的重要标志。现代化水平越高，女性的社会地位、家庭地位就越高。根据权威部门发布的数据，在东非共和国，78% 的已婚妇女遭受过家暴。”

穆尔吉亚站起来说：“王老师，男人本来就是这个社会的主宰。女人不论有多高学历，有多大能力，也只是男人的附属品。”

宋梓馨站起来反对：“这可能就是东非共和国落后的根本原因。在中国，女人可以出任国家副主席，国家重大科研项目总工程师，世界五百强企业的董事长。女人除了体力不如男人，在智力、能力、心力上并不比男人差。”

周宏伟做个鬼脸：“在中国，男人不受女人欺负，就已经谢天谢地谢人了。不过，男人并不是怕女人，而是尊重女人、宠爱女人。”

王鹏翔对 7 个东非少年说：“你们作为东非未来的主人，一定希望东非像现在的中国那样拥有良好的社会秩序和治安环境，更希望像中国人那样人人平等、和平相处，你们就从现在做起，做自身做起，做一个自律、自信、自强的人，懂得尊重他人、敬畏他人。如果不这样做，将来你们到中国留学，可能因为自己的自私、落后遭到摒弃。”

王鹏翔的话，像重锤一下砸在 7 个东非少年的心坎上。

他们发誓，从现在起，一定以中国少年为榜样，全面向他们学习。

王鹏翔对 7 个东非少年说：“如果你们在 21 天内，把你们的承诺全部兑现，我将带领你们到东非国家博物馆研学。”

穆尔吉亚站起来说道：“王老师，那个地方，我已经去过多次了，没啥意思。”

王鹏翔纠正道：“我们是去研学，不是参观，懂？”

第五章

商业新模式

今天，王鹏翔率领 B05 研学班的 10 个少年来到东非国家博物馆。

他们首先看到的是东非国家博物馆镇馆之宝——原始人露西遗骨。

普通观众只能看到展示窗里的复制品，他们却在藏品室里看到真正的露西遗骨。

露西遗骨放置在特殊的保护箱内。他们在幽暗的环境里望着那件来自 320 万年前的露西遗骨，不禁肃然起敬。

馆长告诉他们，在 1974 年，一支美国考古队在东非共和国发现了这具完整的遗骨化石，便以队中唯一的女考古学家露西的名字命名。据考证，露西生活在 320 万年前，脑容量比大猩猩大不了多少，已经能直立行走。

800 万年前，距离地球只有 123 光年的宇宙中出现一颗超新星，新星的超强辐射，在地球上引发森林大火，把林海般的东非变成荒芜的草原。

失去森林的依托，露西的祖先不得不适应草原生活。

320 万年前的露西，已经学会直立行走，制作简单的石器，用来捕杀猎物。

为了加深少年们的体会，王鹏翔和馆长组织他们制作露西使用过的阿舍利手斧。

阿舍利手斧，是人类第一件大型制式工具，呈泪滴形状，一端尖而薄，一端宽而厚。

馆长告诉少年们，在 73500 年前，位于现在印度尼西亚境内的多巴火山喷发，灰尘笼罩地球，地面温度迅速下降，导致大量动植物死亡，绝大部分人类死于那场灾难，残存者不足两万，基本都生活在东非境内。灾后，他们中的一部分人，携带阿舍利手斧，奔向世界各地谋生。

因此有人说，没有阿舍利手斧，就没有现代的科技。

少年们选中自己中意的石板，在馆长的指导下打磨。这不仅是体力活，还是脑力活。如果选材不好，或者用力不对，石板都会碎裂。

力气最小但最善于动脑的宋梓馨，从下午打磨到晚上，第一个做出合格的阿舍利手斧。她胜在选材精准，正确掌握了打磨的角度和力度，全程没有返工。

她为少年们总结了打磨阿舍利手斧的经验。

王鹏翔说：“同学们，今天之所以带你们到东非国家博物馆研学，并亲手制作阿舍利手斧，是为了我们的研学主题做铺垫。东非 B05 研学班的研学主题是农业技术，要从研究中国的古老农业著作《齐民要术》开始。这需要你们具有打磨阿舍利手斧的耐心和专心。”

东非 B05 研学班的研学主题，定位农业技术，是有深层次原因的。

一、东非共和国以农业经济著称，政府准备把东非打造成农业现代化经济强国；二、7 个东非少年，长大后准备从事农业科技研究工作；三、阿力赤立志攻关农学。周宏伟准备继承父业，完善垂直农场。宋梓馨倾向于生命科学研究；四、赞助商 HE 集团，也想培养他们需要的特殊农业人才。

熟悉农业人才培养过程的周捷建议，少年们在走向未来农业之前，首先要了解农业的过去。

王鹏翔准备从讲解中国农业名著《齐民要术》开始。

少年们用“知识海洋”从网上下载了《齐民要术》的全文。由于该书用汉语文言文写成，通过翻译软件，转化成英语、安哈拉语、现代汉语3个版本，供少年们阅读、理解。

第一堂课，王鹏翔讲解《齐民要术》的序文。

《齐民要术》由后魏高阳太守贾思勰创作，是中国第一部系统的农业指导书籍。贾思勰在序文里向读者介绍了他创作这部文字并不华丽的作品的原因，还介绍了皇帝、地方官、富商等几十个致力传播农业技术的人物。在他们当中，有的宣传畜牧业，有的推广牛耕技术，有的鼓励养蚕，有的提倡种果树。在这些人的推动下，才有了中国现代农业文明。

王鹏翔放下"知识海洋"："同学们，让同代人衣食无忧、给后代人留下财富的人，才值得历史铭记。我希望你们都能成为这样的人。"

穆尔吉亚指着《齐民要术》中的"圣王在上，而民不冻不饥者，非能耕而食之，织而衣之，为开其资财之道也"说道："王老师，这段话我看懂了。它的意思是，政府既不耕地也不织布，他们的任务就是让人民有发财之道。东非政府一直在鼓励老百姓发展农业，老师也是这样教导学生，这是不是'开其资财之道'？"

王鹏翔没有直接回答穆尔吉亚，而是让他注意另一段文字，"居积习之中，见生然之事，夫孰自知非者也"。

他就此引申："像贾思勰这种地方官，不管在什么地方，都在做农业技术推广。但是，每个新鲜事物出现时，难免会遭到保守派抵抗。贾思勰也遭受到这样的冷眼。同学们，你们一定要认识到，没有河蚌含砂，就不会有璀璨的珍珠。如果我们不放弃阿舍利手斧，现在还处于刀耕火种时代。我希望你们都能成为第一个吃螃蟹的人。”

这些高智商少年，在王鹏翔的指导下，仅用两周时间，就掌握了《齐民要术》的内容。

然后，他们准备离开垂直农场，接触东非的传统农业技术。

出发前，基夫莱尔打来电话告诉王鹏翔，国际恐怖组织“桑地派”正在通过网络，呼吁东非共和国国内的支持者响应他们的号召，对东非共和国国内所有提倡农业改革的人进行袭击。

“桑地派”组织，一直把科学视为异教，把现代学校视为邪教的教堂。“桑地派”组织中的恐怖分子，在世界各地不断袭击学校，绑架学生，目的就是让家长不敢把孩子送进学校接受现代教育。

由于东非政府严禁“桑地派”组织成员进入境内，他们得知东非政府和中国农业科学家发展垂直农场，就在网上创建了“东非同盟”。作为以发展现代化农业为教育宗旨的B05研学班，可能成为他们的攻击对象。

警察出身的王鹏翔，自然不会把这些恐怖分子放在眼里，他向基夫莱尔讲述学生外出研学的重要性和必要性。

他们通过沟通，最后商定，B05研学班的少年每次外出的行程，都要向安全部门报备，获得批准后才能外出。

经过基夫莱尔调查，把伊斯梅尔母亲丹萨任教的玛丽中学，定为B05研学班少年外出研学的第一站。

周捷为B05研学班的少年提供两辆旅行车。第一辆由泽梅德内驾驶，第二辆由王鹏翔驾驶。

旅行车进入市区，少年们看到到处张贴着埃斯金德竞选总统的宣传画。画中的埃斯金德，白发直竖，满面笑容。

“如果你是选民，你会把选票投给谁？”阿婕莉娜问王鹏翔。

“咱们不干涉他国内政。”王鹏翔说。

“我说假设，闲聊中的假设，懂吗？”

“我肯定会把选票投给卡尔比。他是工科男，支持科技兴国。那个作家，估计会把东非人带回远古时代。”

两辆旅行车把他们带离首都，颠簸的道路两边，不时出现破败的民房。

那些民房，有的用木头和彩钢拼凑成窝棚状，有的用废旧集装箱改造而成，上面盖着一层茅草。

王鹏翔已经想到，这里会很落后，没想到竟然如此落后，让他更加坚定教育好7个东非少年的决心。

行驶了四个多小时，他们才来到玛丽中学。三十多岁的丹萨在门口已经等候多时了。

车尚未停稳，伊斯梅尔便跳下来，扑进丹萨的怀里。

即使来自国内贫困地区的阿力赤，都没看过如此破旧的学校。丹萨却说，这是方圆百里教学条件最好的学校。

少年们下车做的第一件事，就是给宿舍消毒。

经世卫组织授权，东非共和国可以使用物美价廉的传统消毒剂 DDT。少年们配好消毒液，背着喷雾罐，对宿舍进行全方位消毒。

消杀完毕，他们在伊斯梅尔和丹萨带领下参观校园。

他们走进一间教室。教室后面的铁皮桶吸引了阿力赤、宋梓馨的注意力。看铁桶上的文字，应该是装柴油的油桶，铁桶上有木质盖子，盖子上放着一个塑料舀子。他俩围着铁桶看，猜测它是做什么用的。

“这是水桶。学校没有自来水，学生日常饮用水，要到县城水站统一领取。”丹萨介绍道。

“这么大的水桶，怎么搬运呢？”王鹏翔目测铁桶能装一吨多水。

“用水车运输。”丹萨指着门外的拖车，拖车上有一个类似油罐的水罐。

“车上也没有动力装置啊。”阿力赤说。

伊斯梅尔说：“那是牛车，靠牛拉动的。一个人在前面牵牛，几个人在后面推。不过，这一车水，能够师生喝一周的。”

王鹏翔围着牛车转了几圈：“丹萨老师，我想让我的学生为学校取一次水，可以吗？”

“你想让孩子们体验一下我们学生的生活？”她指着7个非洲少年，“他们肯定没问题。”她指指中国的3个少年，“他们——就算了吧。他们未必能驾驭牛，挺危险的。”

宋梓馨说：“丹萨老师，我们可以的。”

丹萨见最小的宋梓馨如此勇敢，就说道：“那就让伊斯梅尔在前面牵牛，纳夫科特、贾比尔陪你们到县城取水吧。”

面对那头健壮的黄牛，阿力赤、周宏伟、宋梓馨都不敢靠近。没想到黄牛在伊斯梅尔面前，却像个大型宠物，乖乖地让她牵到车辕之内，套上夹板。

一个小时后，他们兴高采烈地赶着牛车运回满满一罐水，装满了每个班级的水桶。

通过这次运水，彻底改变了3个中国少年对7个东非少年的看法。

论吃苦耐劳、意志品质，他们远远不如非洲少年。

纳夫科特拿起水舀子，从铁桶里舀出水，“咕噜咕噜”地“牛饮”。

宋梓馨难以理解地看看周围的同学：“这个舀子，他们一起使用吗？”

“当然。”贾比尔从纳夫科特手里接过水舀子，也从铁桶里舀水喝。喝罢，他告诉宋梓馨，“我们从小就这样喝水，也没有生过病。”

宋梓馨口渴得很，却因为没有其他饮水工具，只能忍着。

阿力赤拿起水舀，畅饮一番后，说："入乡随俗嘛。"

吃过晚饭，少年们把宿舍的门窗打开通风。每个人在床上挂上蚊帐，准备休息时，窗外隐约传来阵阵喝彩声，好像是在开晚会。

按理说，在缺电少油的落后乡村，晚上只有鸡鸣狗叫声，怎么还开晚会呢？王鹏翔很好奇，就询问丹萨。

丹萨说："我对此也有一个无解的疑问。咱们一起去看看。"

丹萨和王鹏翔来到附近的县城广场。

说是县城，面积和建筑设施跟中国中等乡镇规模差不多。中心广场是一片硬化的黄土地，上面已经站满当地人。

丹萨和王鹏翔站在一块大石头上，向人群里观看。

一台简易柴油发电机，维持着广场上的用电。

昏黄的灯光下，一个三十多岁的中国人站在人群中间，手里拿着塑料瓶，滔滔不绝地喊着。他虽然说中文，但口音浓重，王鹏翔听不懂他在喊什么，只好听当地翻译说的英语。

听了半天，王鹏翔大致听明白了。那个中国人自称是祖传八代的中医药专家，他的祖上是清朝慈禧太后的御医。他手里的东西，是依靠家传秘方，从牛骨髓中提炼出来的超级营养品，具有除了死人治不活以外的所有功效。

不过，他并不是推销这种营养品，而是推广一种来自中国的"先进商业模式"。一个人购买或者不用购买这种产品，只要缴纳一定费用，就会成为他们的会员。成为会员后，再向下线如此推销产品，发展 5 个下线，就会成为经理。依此类推，如果发展 5 级下线，就能成为千万富翁。

这绝对是一本万利或者无本万利的最快致富模式。

中国人讲完，翻译走到场地中间，拿出一个经营许可证，申明他们的经营模式已经得到当地政府特别许可，以此大力推动当地畜牧业发展。

然后，几个西装革履的当地年轻人走到场地中间，大谈自己依靠这种商业模式，已经成为百万富翁。

中国人举起一个黑人的手："这位 16 岁的高中生，入职一个月，就收入 3 万比尔；入职 3 年，已经成为购买豪宅、豪车的成功人士。"

黑人带头高喊口号："我可以，你们也可以！我能做到，你们一定能做到！"

"这是中国的先进商业模式吗？"丹萨问王鹏翔。

"不，在中国，这是被法律禁止的传销模式，属于经济诈骗行为。"王鹏翔挤进人群，冲着那个中国人连续拍照。

回学校的路上，丹萨忧心地告诉王鹏翔，现在学校中很多教师都参加了这种"先进商业模式"活动，到处发展下线，根本无心教学。

"开始他们还买一点儿那种保健品，最后连保健品都不买了，只发展下线。这对当地的畜牧业根本没有促进作用。而且，在东非他们连一家工厂都没有。我苦苦规劝那些老师，他们不但不听，还辞职了。理由是，中国的专家不可能欺骗他们。”

看到丹萨忧心忡忡的样子，王鹏翔说：“绝大部分中国人，是友好善良的。但是，也有极少数居心不良者到处行骗。这也是我们致力推广研学教育的目的，不给这种人留下生存空间。”

第二天，王鹏翔带领B05研学班的少年去现场研学。路上，他一直琢磨如何应对昨天晚上的事情。

“昨晚的事，你是不是有办法了？”阿婕莉娜小声问。

“民族败类利用东非人对中国人的信任到处行骗。作为警察，我绝对不能袖手旁观。”

“不论你做什么，我都全力支持你。”

王鹏翔做出“OK”手势，继续开车。

他们来到埃莱妮家所在村子。这里正在举行宴会，庆祝埃莱妮姐姐考上大学。她家杀了一头牛，宴请乡邻，已经回国的赞巴卡主持宴会。

他身边站着一群大学生，都是他发展的“黑色工程师运动”成员。

埃莱妮把王鹏翔、阿婕莉娜介绍给赞巴卡。

“考上大学宴请乡邻，是你们这里的风俗吗？”王鹏翔问赞巴卡。

“不，是我特意组织的！”赞巴卡说，“我要让乡亲们知道，女孩子成为工程师是一件值得骄傲的事情！”

埃莱妮一共有5个兄弟姐妹，除了大哥，其他4人都在读书。大哥是职业马拉松运动员，常年在中国各地参赛。参加一场比赛，除去开销，能获得奖金10000元人民币。他用这些奖金供弟弟妹妹读书。

不远处，一个村民抱着放羊的皮鞭，坐在石头上看热闹。他身边有一群羊，在低头吃草。

贾比尔走过去跟放羊人聊了几句，然后拿着皮鞭走到王鹏翔面前：“王老师，我听说你的中国功夫很厉害，但你不一定会使用这个。”他说完，猛地甩动皮鞭，发出清脆的爆响声。

王鹏翔接过皮鞭试了几次，都没有甩响，奇怪地问贾比尔：“你是怎么做到的？”

“放羊人都会。”贾比尔见自己比王鹏翔厉害，更开心了。他看到不远处有一头牛，飞奔过去，双手直撑牛背，然后从牛身上跃过，稳稳落地。

王鹏翔看出门道，这不仅要脚步轻，不能惊动牛，还得跳得高，双手撑牛脊时，爆发力要强。他看看牛背的高度，感觉自己无法与这头牛和谐相处。

“我试试。”阿婕莉娜轻轻地跑向牛。接近牛时，她使出一个侧空翻，轻松翻过去，引来众人喝彩。

埃莱妮家门口的空地上摆满桌椅，赞巴卡将考上大学的妹妹拉到身边，对着手机说：“亲爱的外国朋友，如果你来到东非，想看女孩嘴上的唇盘，那得赶紧来。以后这里的女人都是工程师，身上不可能再有愚昧时代留下的痕迹！”

东非共和国南部有一个部落，部落里的女人在幼年时，会被家人拔掉下面的牙齿，镶入木盘。这个木盘，就是唇盘，将伴随女人一生。现在部落将其作为旅游特色，供外国游客参观。“黑色工程师运动”成员把它视为国耻，强烈要求政府取缔。

宴会开始。

已经适应当地主食苔麸饼的宋梓馨、周宏伟和阿力赤，面对桌上的生牛肉块，面面相觑，不敢动手。

经过野外生存训练的王鹏翔，脸上却没有一点惧色。他用叉子扎起一块牛肉，蘸着酱汁，美美地咀嚼着。

宋梓馨、周宏伟和阿力赤见王鹏翔吃得很美，努力尝试后，觉得吃生牛肉并没有想象中那么可怕。

赞巴卡安排好乡邻，便奔向阿婕莉娜，向她敬酒，让阿婕莉娜感觉一头雾水。

埃莱妮解释道，以前有一个神秘的俄罗斯富翁，在亚当城创办了一所名为“非洲之星”的学校，免费给当地学生补习科学入门知识，然后资助成绩优秀的学生到发达国家留学。

赞巴卡就是在那位神秘的俄罗斯富翁资助下，到日本留学的。

后来，那位俄罗斯富翁神秘失踪了，没有人知道他去了哪里，“非洲之星”学校被政府接管。

赞巴卡一直感激资助他完成学业的俄罗斯人，以致他对俄罗斯人都有好感（注释三）。

赞巴卡向阿婕莉娜表示完感激之情，又坐到王鹏翔身边，大声说：“中国人能做到的，我们也能做到；中国人做不到的，我们也会做到。”

这些话听上去不是很友好，但王鹏翔并没有介意。他微笑着竖起大拇指：“预祝你们成功。”

赞巴卡拉着王鹏翔的手：“这位来自中国的朋友，我热烈欢迎你，但是有一件事，我必须要说出来。你们的科技，我喜欢；你们的友情，我喜欢。但是，你们的骗子，滚开！”

王鹏翔心头一紧，忙问到底因为什么。

赞巴卡提到那个搞传销的商人：“他手里拿的就是普通蛋白粉，并不是什么神奇的东方神药。他们骗不了我，但能骗其他人，毕竟我们这里太穷了，很多人渴望不劳而获、一夜暴富。”

“哥哥，这不是我们导师能管的事情，你应该找警察。”埃莱妮将醉醺醺的赞巴卡推到一边，转身向王鹏翔道歉，“王老师，他喝醉了，说酒话呢，您别和他一般见识。”

王鹏翔意识到，这件事的危害性已经超出他的想象了。

下午，王鹏翔带领 10 个少年，到埃莱妮家地里帮助收割芝麻。

10个少年手拿镰刀，割齐腰高的芝麻。他们没割一会儿，就感觉腰酸背痛，实在受不了，都暗暗发誓，一定好好学习，研制出芝麻收割机，帮助当地农民摆脱劳作之苦。

收工后，宋梓馨用“知识海洋”和江志伟连线。

看到屏幕上杨真睡眼惺忪的样子，宋梓馨才意识到，国内现在是凌晨。

“梓馨，这么晚还找我们，有什么事儿吗？”杨真揉着眼睛问。

“我和爸爸说件事儿，超级急，您赶紧让他说话。”宋梓馨一脸严肃地说。

江志伟接过手机。宋梓馨看到爸爸，连珠炮似的说出她的想法。

原来，宋梓馨割了半天芝麻，感觉当地人太辛苦了，想帮助他们。她想到江志伟研发的机器人。如果能利用机器人收割芝麻，可以减轻当地人的劳动量。

“梓馨，你为什么要帮他们设计收割芝麻的机器人呢？”

宋梓馨把摄像头对准埃莱妮：“她是我的同学埃莱妮，这里的环境非常不适合她成长，否则会毁掉她的。她家里种植很多芝麻，父母根本忙不过来，父母建议她留在家里务农。所以，我们必须给她家提供机器人，代替她务农。”

“梓馨，没想到你这么善良，我一定会帮助你实现这个愿望。不过机器人技术并不实用，明天我就去农科所，把机械手的技术稼接在农用机械上。”江志伟爽快地说道。

“在我离开非洲之前，你必须把代替埃莱妮务农的机器人送过来！”宋梓馨喊道。

“好，好，我送不到就变成非洲人。”江志伟发誓。

第二天下午，B05 研学班的少年们返回玛丽学校。

刚下车，他们就看到丹萨带领一群男生推着粪车，清理旱厕里的粪便。

“学校没有清洁工人吗？”王鹏翔问丹萨。

“以前一直有附近农民淘粪，现在不是施肥季节，他们就不来了。”让国际友人看到难堪的一幕，丹萨有些不好意思。

王鹏翔望着丹萨远去的背影，久久没有说话。

“这种劳动没有什么意义，就别折腾孩子了。”阿婕莉娜看出王鹏翔的意思。

“所有劳动都有意义。”王鹏翔说，“没有亲身体验，就没有深刻认识。”

王鹏翔把所有男少年带到学校厕所，3 个非洲少年面露难色。

阿力赤却自告奋勇：“同学们，他们能做，我们就能做。我清理过家里的厕所，只是比这里小一点儿而已。”

“王老师，这也是你们的研学内容吗？”丹萨也觉得这种体验对学生锻炼意义不大，“说心里话，如果能雇到清洁工，我也不希望学生干这种活儿。”

王鹏翔说：“无论以后他们从事什么职业，在什么平台，在天赋差不多的情况下，拼的就是意志品质，看谁能在关键时刻顶得住。这种锻炼机会，是非常难得也是难忘的。”

王鹏翔说完，便接过淘粪勺，率先干起来。

B05 班的少年们，见老师都毫无畏惧，也跟着干起来。

第六章

黑色工程师

回到玛丽中学的第二天，王鹏翔宣布：“同学们，我们以学习科学知识为己任，但如果遇到有人打着科学的幌子进行诈骗，我们该怎么做？今天晚上，我们就以此为主题，上一堂生动的体验课。”

少年们猜不出体验课的内容，因此都很期盼。

晚上，王鹏翔带领 10 个少年来到一家旧剧院。

剧院的门口、走廊里都挤满了人。

阿婕莉娜带着少年们好不容易挤过人群。为了确保少年们的安全，他们爬上二楼，找个既不扎眼，又能看清舞台的位置站下。

王鹏翔没有跟他们上来。

“不管发生什么，你们都不要说话，更不要喊。”阿婕莉娜叮嘱少年们。

活动开始，聚光灯便照在那位“中国医学专家”约翰王身上。他西装革履，戴着“绿鬼”手表，脖子上挂着小指粗的金链子，显得不伦不类。

他左手拿着一支营养膏，右手托着一袋健康粉，口若悬河地胡说八道。

王鹏翔换上和约翰王差不多的西装，悄悄地从后台走出来。

后台都是当地的活动组织者，他们虽然不认识王鹏翔，但见他是中国人，以为是约翰王的朋友，便没有阻拦。

约翰王看到王鹏翔，心里一怔，捂着麦克风问：“你是干什么的？”

王鹏翔微微一笑，把嘴附在约翰王的耳郭，悄声说：“老乡，我是来帮你的。”他举起手中的“知识海洋”，“让这群土包子见识一下咱们的新玩意儿。”

不等约翰王答应，他就抢过麦克风，用英文大声说：“东非的朋友们，我是约翰王的朋友。我告诉你们，他可是中国千年才出现一个的大师级人物。下面，请灯光师关闭灯光，我们一起领略约翰王的风采！”

不知所以然的灯光师，很配合地关闭了灯光。

王鹏翔打开“知识海洋”，把一张照片投影到舞台背景布上。画面中，约翰王捧着一台仪器，好像在推销。

“这张图片，是去年约翰王在肯尼亚推销外气发射仪拍摄的。不过，那时候他的名字叫亨利张。”

王鹏翔更换一张照片。

照片中，约翰王站在某个温泉度假村门口，摆着优雅的姿势。

王鹏翔介绍道：“这张照片是他前年向尼日利亚当地富商推销‘青春因子特别旅游疗程’时拍摄的，当时他的名字叫迈克尔吴。”

约翰王冲过来抢麦克风。

王鹏翔使出一招简单的擒拿，就把他控制住，踩在脚下。

王鹏翔又更换一张照片。照片中，一脸稚嫩的约翰王站在一群学生中间。

王鹏翔放大约翰王的头像：“他的真名叫林子安，是中国东南医学院基础医学专业硕士。这是他当年的毕业照。”他一把薅起林子安，喝道，“灯光师，打开灯，让观众好好看看这个骗子的嘴脸！”

灯光师很配合地打开剧场里的所有灯光。

王鹏翔冲林子安喝道：“林子安，你接受过高等教育，为什么不用你掌握的知识帮助人们破除愚昧，治病救人，反而用它愚弄民众，骗取他们的血汗钱？”

他冲台下喊道："东非的朋友们，我是中国高科技犯罪侦查局警察，现在我告诉你们，林子安是被中国警方通缉的诈骗犯。他逃到东非，还打着高科技的幌子到处诈骗。"

林子安的同伙从后台冲上来，要攻击王鹏翔。

七八个东非的便衣警察，从台下冲上来，把枪口对准林子安的同伙。

王鹏翔把林子安交给东非警察后，帮助东非警察疏导观众，让他们有序离开。

回去的路上，7 个东非少年对王鹏翔崇拜得五体投地。他们没想到，他们的导师，竟然是中国大名鼎鼎的高科技犯罪侦查局的警察。

B05 研学班的少年们，完成了玛丽中学的研学课，返回亚当城。

途中，他们经过当地一个有名的天然盐湖。盐湖因为氯化钠含量高，在阳光照射下，湖面是五颜六色的，非常漂亮。

湖边是一块块大小不一的盐池。盐农只穿着短裤在盐池里工作，身上没有任何防护设施。他们身上全是片状的盐渍，看上去像牛皮癣病人。

王鹏翔临时决定，让少年们到盐池看一看。

少年们戴上太阳镜，以防雪白的盐层折射的阳光刺伤眼睛。

经过与盐池老板沟通，少年们可以体验一下晒盐的一个环节。作为交换条件，王鹏翔要用旅行车把一批盐运到 5 公里外的城镇，交给盐商。

少年们没有水靴，只好赤脚走到盐池中，顿时感到脚下和腿上有一种灼烧感。

他们用耙子把盐中的杂质、泥块清理出来。做了一会儿，个个都是汗流浃背，但没有一个人喊苦喊累。

王鹏翔担心少年们被晒伤，就终止了他们的劳作。

他们把十几袋盐装上旅行车。

看到很多人用肩扛、用自行车驮、用简陋的手推车运送盐，阿婕莉娜忍不住问老板："他们运送一袋盐，能赚多少钱？"

"一个比尔。"老板答道。

阿婕莉娜在心里换算一下，把一袋 50 公斤重的盐，运到 5 公里外的城镇，才赚 1 角人民币，觉得他们太辛苦了。

海亚特流下泪水。她承认，父亲每月赚 150 美元，她还觉得很少。她实在没想到，这里还有这么多一天连一美元都赚不到的人。

"老师，我能把太阳镜送给他们吗？"海亚特认为，这些盐农工作时面对白花花的盐，会刺伤眼睛的。

"我也想把太阳镜送给他们。"宋梓馨不等王鹏翔允许，就把太阳镜交到海亚特手里。

周宏伟和阿力赤也支持。

其他6个非洲少年有些犹豫，但是看到盐农红红的眼睛，还是把自己的太阳镜交给海亚特。

王鹏翔冲海亚特竖起大拇指。

海亚特拿着太阳镜，飞快地跑向盐农。

他们把盐交给盐商后，继续向亚当城方向行驶。

中途，他们在一座加油站加油后休息时，两辆面包车突然停在他们面前，从车上跳下7个黑人大汉，把他们围住。

泽梅德内上前询问，黑人大汉也不说话，一把把他推到一边。

林子安得意扬扬地走下车，点燃一支雪茄，走到王鹏翔面前，把一串烟圈喷到他脸上："都是中国人，你不帮忙也就算了，为什么还多管闲事儿？"

阿婕莉娜立即站在10个少年面前，防止黑人大汉伤害他们。

"你怎么出来的？"王鹏翔很纳闷。林子安已经被东非警方拘捕，按理说应该羁押起来，待遣返手续齐全后，把他遣返到中国去，交给中国警方。

林子安嘿嘿笑道："书呆子，在这种穷地方，就没有钱解决不了的问题。"

阿婕莉娜一把没拦住，穆尔吉亚、贾比尔、阿力赤便冲到林子安面前，呵斥道："骗子，大骗子，你骗人还有理了？"

林子安根本不把3个少年放在眼里，举手要扇穆尔吉亚耳光。

王鹏翔一把抓住林子安的手腕，狠狠地瞪着他。

林子安的手腕像被钳子钳住一般，火辣辣地疼。他冲7个黑人大汉喊道：“谁干死他，1000美元！”

一个黑人大汉冲到王鹏翔身后，挥拳砸过来。

王鹏翔松开林子安，转身后摆腿，以迅雷不及掩耳的速度踹到黑人大汉的脸上。黑人大汉像一截木桩一样，直挺挺地倒在地上。

“功夫，他会中国功夫！”其他黑人大汉喊叫着。

“滚，别让我看到你！”王鹏翔不想恋战，一个正蹬，把林子安踹出十几米远。

6个黑人大汉，架起昏死的黑人大汉，拖着林子安，奔向面包车，仓皇驾车离去。

7个少年跑过来，围住王鹏翔，学着黑人大汉的样子，喊道：“功夫，中国功夫，我们要学中国功夫！”

车上，宋梓馨问穆尔吉亚，“你们的警察怎么能如此不负责，抓住的坏人怎么还能放出来？”

“他肯定是逃出来的，不是警察放出来的！”穆尔吉亚拍着胸脯说，“回到亚当城，我就告诉我爸爸，全国警察都归他管，让他把这个坏蛋抓起来！”

“你爸爸？哼，说不定他也拿了坏人的好处呢。那个坏人不是说了嘛，在东非，就没有用钱解决不了的问题。”海亚特愤愤地说。

“我爸爸肯定不会收他的赃钱。”穆尔吉亚喊道。

“鬼才知道他收不收！”海亚特白了穆尔吉亚一眼。

王鹏翔及时制止了他们的争吵。

回到垂直农场，穆尔吉亚立即给基夫莱尔打电话，讲述了林子安行骗的事情，请求他出面抓骗子。

第二天，基夫莱尔就派人把王鹏翔请到他的办公室，询问林子安行骗的事情。

王鹏翔把林子安在东非各地行骗的事情讲了一遍，建议东非警方逮捕林子安，遣返回中国，移交给中国警方。

“中国的犯罪专家做过研究，人均 GDP 在 500 美元到 5000 美元之间的国家，传销最容易流行。东非共和国正处于这个阶段，如果任其发展，会让很多人倾家荡产的。”王鹏翔强调。

基夫莱尔面露难色：“这种新商业模式，在西方国家也有，政府也没有限制。林子安又没有强买强卖，那些人都是自愿参与，应该不违法吧？东非的法律，也没有禁止这种商业模式。重要的是，林子安是中国人，没有中国警方授权，我们动他，必然会给外交部门带来不必要的麻烦。不过，如果他是中国司法部门通缉的罪犯，中国警方给我国警方发函，我就好办了。”

基夫莱尔的话，也有一定的道理。中国与东非是友好国家，他们的警方，在一般情况下，都不会轻易抓捕中国人。

王鹏翔只好求助杨真。

高科技犯罪侦查局虽然不负责这种传销案，但杨真觉得这种案子，确实影响中国在东非人民心目中的形象，而且林子安还是国内通缉犯，必须向公安机关汇报。

公安机关得知林子安在东非进行犯罪活动，立即把中国法院对林子安的判决书、公安部门发布的通缉令，发给东非警方，请求立即抓捕林子安。

林子安的案件告一段落，B05 研学班的少年们下一步研学计划，是到距离垂直农场 50 公里的黛斯蒙娜养鸡场研学。

黛斯蒙娜养鸡场，是 GC–ML 基金会扶植的公益项目，主要是孵化种鸡，低价卖给农户自养，帮助农民脱贫致富。

到达黛斯蒙娜养鸡场后，少年们得知，养鸡场的老板叫黛斯蒙娜，是 GC–ML 基金会东非分会负责人。黛斯蒙娜告诉少年们，GC–ML 基金会热衷公益事业，每年捐助世界各地的资金就达百亿美元之多。因为直接捐助现金，并不能改变某地贫苦落后的状况，近几年就改为资助可行的项目。

少年们用“知识海洋”查阅 GC–ML 基金会的资料，得知发起人是计算机方面的天才，创造了世界各国至今还在使用的软件系统。

宋梓馨认为，直接捐助现金，会让当地的贫困人直接富起来，而捐助项目未必能让贫困人富起来。于是，她就问黛斯蒙娜，GC-ML 基金会为什么要改变资助方式。

黛斯蒙娜说，GC-ML 基金会开始捐助的就是现金，但那些贫困人得到现金后，立即购买高档服装、摩托车、金首饰，因为这是他们最渴望得到的东西。他们把钱花光之后，依然如以前那样贫困，家庭和个人的经济条件根本没有发生实质性改变。

东非人的贫困和欲望，犹如一个无底黑洞，多少金钱都填不满的。GC-ML 基金会考察之后，改变了捐助方式，也就是中国那句“授人以鱼不如授人以渔”，只有让那些贫困人先学会赚钱，才能学会正确花钱。

黛斯蒙娜的话，对 10 个少年触动很大。他们的智商都很高，却没有真正考虑过这个问题。他们想买什么东西，或者缺钱时，就向父母索要，根本没想过父母的钱是怎么来的，自己花钱的意义又是什么。

黛斯蒙娜介绍完养鸡场的历史，王鹏翔给少年们安排的第一个任务是编鸡笼。

在此之前，王鹏翔已经购买了一些铁丝编制的组件，并运到这里。少年们的工作就是把这些组件组装成鸡笼，再摆到饲养架上。

他们边干活边讨论如何正确对待自己的零花钱时，一群男女气势汹汹地闯进养鸡场，用当地方言喊着什么。

黛斯蒙娜和两个保安迎上去，和那群人吵起来。

穆尔吉亚告诉阿力赤等人，黛斯蒙娜给养鸡户发放了避孕套，引起当地村民不满，说她故意破坏当地人的传宗接代。

阿力赤有点儿不明白，当地人已经那么穷了，每家都有五六个孩子，连维持基本的抚养任务都困难，为什么还要生孩子呢？

穆尔吉亚说，当地的村子，一般都由几个种姓家族组成。向来都是富有的家族欺负贫困的家族，强大的家族欺负弱小的家族。村里各个家族的经济水平都差不多，那就拼男丁的数量。黛斯蒙娜给村民发放避孕套，肯定影响家族的生育数量。

卡莉见这么多村民欺负黛斯蒙娜，吓得轻声哭泣。她是黛斯蒙娜推荐到B05研学班的，一直把黛斯蒙娜视为恩人。

“黛斯蒙娜老师在这里做公益活动，每笔捐助款的来去都非常清楚，从不私占一分钱。她发放避孕套，就是不希望女人成为母猪那样的生育工具。她有什么错？那些人都接受过她的资助，为什么还欺负她？”卡莉一边哭一边说，“不，我要去救她！”

她说完，就抄起一把螺丝刀，冲到那群人面前。

王鹏翔和阿婕莉娜也跟过去保护她。

卡莉把螺丝刀顶在自己的颈部，大声质问村民：“你们都得到过黛斯蒙娜的资助，家里还养着她提供的小鸡，她还以高价收购你们的鸡蛋，你们为什么就不能想想她的好处？”

其他6个非洲少年，没想到平时一句话都不敢说的卡莉，竟然如此勇敢，也纷纷站到卡莉身边，质问村民，既然不能给孩子足够的食品，也不能给孩子提供必要的教育，为什么还无休止地生孩子，难道只是想把他们带到这个世界上遭罪吗？

卡莉说，如果村民不立刻退出去，她就死在这里。

村民们被少年们质问得哑口无言。王鹏翔和阿婕莉娜也一起指责村民。

村民见到一个亚洲人和一个欧洲人，嚣张气焰顿时不见了，纷纷撤出去。

黛斯蒙娜回到办公室，伤心地哭泣。

卡莉给她倒杯水。她喝了几口，平静下来，冲王鹏翔勉强笑了笑："看来，我把卡莉送到你那里，绝对是正确的选择。"

王鹏翔说："他们今天的英勇表现，也超出我的想象。但是，我建议，要想改变村民的观念，首先要改变他们的经济条件。他们的经济条件变好了，就会自动放弃一些愚昧的观念。"

对于王鹏翔的建议，黛斯蒙娜深以为然："谢谢来自中国的朋友。希望你教育的7个东非少年，能成为7颗火种，在东非大地形成燎原之势后，烧掉东非人所有陋习。"

从黛斯蒙娜养鸡场返回垂直农场，劳累一天的少年们吃过晚饭，就玩起各自喜欢的游戏。

王鹏翔在"知识海洋"中增添了几款模拟经营游戏。有一款是《狂野运输》。玩家可以调动全球的汽车、火车、轮船、飞机等运输工具，把规定的货物以最低的价格运送到指定地点后，才算完成游戏任务。

王鹏翔给7个非洲少年推荐一款名为《救援总部》的游戏。这款游戏里设有消防、警察和急救三个部门，玩家可以调动他们，协同解决突发灾难。

他推荐的理由是，东非共和国基础设施差，发生自然灾害时损失就大。他们通过玩这款游戏，受到启发，将来帮助国家建立应急部门。

还有一款游戏《城市天际线》，玩家担任市长，管理一个城市。他要寻找资源、发展经济、创建生产供应链，还要管理交通和治安，吸引外来人口，购买土地扩大城市规模。

这款游戏以现实中的城市为背景，却没有纽约、东京、伦敦、上海这类超级大城市。玩家只能选择萨凡纳、镰仓、兰卡斯特或者常州这样的二三线城市，通过自己的想象力和创造力，将选中的城市发展成国际大都市。

“游戏中为什么没有东非的城市？”贾比尔问。

“你们看，如果一个国家经济太落后，都会被游戏厂商忽略。你们要好好努力，将来制作一款以东非为背景的爆款游戏。”王鹏翔鼓励道。

阿力赤问道：“王老师，明天我们去哪里研学？”

“咱们参加地铁三号线奠基仪式。”王鹏翔看看表，“22点你们准时上床睡觉，明天需要早起。”

东非共和国是撒哈拉沙漠以南唯一有轨道交通的国家。

亚当城除了一、二号线地铁，准备动工的三号线地铁，规划中还有四号线轻轨。四号线轻轨建成之后，这里会拥有非洲最大的城市轨道交通网。

三年前，一号地铁线通车，列车超负荷运营，以致不少人颇有微词，认为它并没有缓解亚当城的交通压力。

二号线地铁通车后，因为可以换乘，轨道交通的优势渐渐显露出来。

三号线地铁马上动工，让埃斯金德的竞选团队抓住选民的痛点。

在三号线地铁的规划中，要经过市内几大贫民窟，一部分贫民要搬离。

这些贫民不想搬离，便封锁当地的道路，阻止施工队勘探，声称誓死不出让土地。

他们先在政府网站上抗议，然后接受媒体采访，申诉三号线地铁给他们造成的损失。

这时候，埃斯金德看到机会，便利用自己的自媒体为这些贫民发声，号召他们团结起来，保卫家园，和当局对抗到底。

任何新事物出现，必然会导致一些人固有利益受损。地铁的出现，虽然方便了市民出行，但让人力车、出租自行车、出租摩托车、出租汽车等车主的收入锐减，甚至失业。他们与要搬迁的贫民联合起来，抗议政府的利民工程。

埃斯金德得知今天将有 2000 人举行大规模游行，便通知支持他的媒体记者，带上摄影机、照相机，混在游行人群中。待警察出现时，拍摄他们驱赶游行人群的画面。

然后，他要利用这些素材，煽动更多不明真相的人，抗议执政党的暴行。

让埃斯金德没想到的是，一个警察都没有来，却出现了 500 名大学生。

这些大学生，穿着统一印有“黑色工程师运动”字样的 T 恤衫，占领了游行路线中的主要街道。

他们利用音响器材，大力宣传修建三号线地铁的好处。

记者采访他们，他们就高举学生证，驳斥游行人的短视行为。

一个帅气的大学生备受关注。他站在一辆卡车上，拿着扩音器，大声告诉市民，他从小在贫民窟长大，父亲也参加了抗议活动。他还把父亲参加抗议的原因说出来，是因为有人给他 5 美元。

十几个记者把话筒一起送到他面前：“什么人雇用了你的父亲？”

“做这种见不得光的事儿，他们敢说出自己的真实姓名吗？”大学生反问，“不过，我要说，他们的游行，是有组织有目的的，以保护自己利益的名义，污蔑政府的利民工程。这是西方国家总统竞选人惯用的卑鄙手段！”

记者们立即想到贴满大街小巷的埃斯金德竞选海报。

一个记者问：“是埃斯金德吗？”

“你们继续关注就好了。现在我只能说，这只是开始。”

大学生话音刚落，就被镁光灯笼罩。

因为现场出现动乱，王鹏翔把10个少年带到一家商场内看电视直播。

埃莱妮兴奋地指着屏幕，告诉其他少年：“他是我哥哥，今天他好帅啊！”

周捷给王鹏翔打来电话，为了确保少年们的安全，他已经派车接他们离开游行现场。

确定位置后，王鹏翔把少年们带离商场，乘车返回垂直农场。

回到垂直农场，周捷告诉王鹏翔，最近垂直农场附近，总是出现一些不明身份的人。为了保护少年们的人身安全，他想把少年们暂时转移到200公里外的一所农技学校。

想到大街上的混乱，王鹏翔觉得周捷的担心不无道理。

第二天，王鹏翔和阿婕莉娜驾车把10个少年送到那所农技学校。

远离都市的少年们，在农技学校里平安地度过了10天。

10天后，十几个黑人冲进校园，到处打砸抢。

原来，有人把少年们进驻学校的消息透露给埃斯金德的竞选团队。B05 研学班是现任总统卡尔比重点扶持的科研项目，自然是埃斯金德竞选团队攻击的对象。埃斯金德在自媒体上把 B05 研学班称为“邪恶的种子”。

埃斯金德的拥趸受到蛊惑，自然要寻找 B05 研学班的少年，除之而后快。

农技学校的保安试图阻止那群人，可是面对杀气腾腾的人，他们又都偷偷地躲起来。这更加助长那群人的嚣张气焰。

保安队队长悄悄告诉王鹏翔，这是当地“桑地派”的人，要杀害 B05 研学班的少年，让王鹏翔赶紧带领少年们躲起来。

王鹏翔让保安队队长报警。

保安队队长支吾道：“那些人都是当地人，和警察都很熟。警察对他们的行为，向来是睁一只眼闭一只眼。再者说，警察的工作效率非常低，即便他们能来学校，至少要在三个小时以后。”

王鹏翔让阿婕莉娜把少年们集中在一间房屋里，关上房门。

他只身一人守在单元门门口。

“铲除邪恶，消灭异教！”那群人一边喊着口号，一边向宿舍楼冲过来。

领头的人名叫格布雷。他看见王鹏翔，就从腰间掏出手枪。

王鹏翔静静地盯着枪口，一动不动。

他们距离 10 米时，格布雷刚想把枪口对准王鹏翔，王鹏翔突然快速晃动身子，一个前滚翻，滚向格布雷。

格布雷的枪法不怎么样，而且那种老式手枪的后坐力很大，他连开三枪，弹头全部射入地里。

待他想开第四枪时，他已经被王鹏翔撞倒在地。不容他翻身，王鹏翔就踩住他持枪的手，夺过手枪。

王鹏翔冲天连开两枪，吼道："你们的神在保佑我，赶紧退回去！"

这群人以为 B05 研学班只是一些孩子，没想到还有面对面开枪都打不中的"神"，立即站下，然后往后退。

王鹏翔拎起格布雷，把他踹向他的同伙。

受到重创的格布雷，觉得自己在兄弟面前丢了面子，大声喊道："不要怕，枪里没有子弹了。我们人多，干死他！"

那群人不再往后退，也不向前冲，和王鹏翔对峙着。

这时，校门口警笛声大作。

总统卡尔比得到线报，有人要袭击 B05 研学班的少年，就派出自己的警卫队赶往农技学校。

那群人听见警笛声，以为是当地的警察，并没有在意。

当警卫队出现在他们身后时，他们才意识到不妙，想跑却来不及了，全部被捕。

警卫队的负责人拿着卡尔比的手谕，告诉王鹏翔，这里治安条件很差，要他立即把少年们带回垂直农场。

东非 B05 研学班的师生遇到麻烦，国内韩津也被“生活 1900 生态园”的麻烦搞得焦头烂额。

韩津的“生活 1900 生态园”已经租种三年。由于他只使用农家肥，只用自选的种子，地里的养分已经无法满足农作物的生长需求。靠人工给水，也不能满足基本灌溉要求。进入暑期之后，日照时间长，缺肥少水的庄稼一片枯黄。

园子里的志愿者纷纷担心今年的收成不够他们食用。

当地政府把土地租给韩津，本想借助韩津的名人效应，拉动当地特色旅游，没想到这个地方越来越复古。当地其他地方搞的观光农业，不但科技含量高，经济效益好，而且景色宜人。“生活 1900 生态园”田间破败，臭气熏天，地如其名，非常像公元 1900 年的田地。

旅游局的领导向韩津提出质疑，韩津却以自己的几百万粉丝做掩护，声称越是这么搞，他的网上流量就越大。靠粉丝的打赏，完全可以维持“生活 1900 生态园”的日常运营。

“生活 1900 生态园”歉收已经是必然，当地政府派来农技部门的技术员前来指导。技术员在“生活 1900 生态园”转了一圈，提出“建立现代化灌溉系统、改良土质、使用种子公司的种子”三点建议。

“不，不，那样做就违背我创建‘生活 1900 生态园’的初衷。”韩津宁可歉收，也拒绝整改。

“生活 1900 生态园”不能自给自足，志愿者过着更加原始的生活。远离网络、电视和报纸的他们，更容易接受韩津的蛊惑。

没有收入，韩津又不想扩大投入，“生活 1900 生态园”的志愿者，便实施配给制。

生活上的困难勉强能应付，但应急管理部门就没有那么容易应付了。

应急管理部门派人到“生活 1900 生态园”检查，认为这里的建筑都存在安全隐患，必须进行整改，否则就得关门停业。

开始运营“生活 1900 生态园”时，韩津想组织人烧制红砖，因违反政策不得不终止。后来，他们改用石材、麦秸和泥坯搭建房屋。由于这种手艺已经失传，他们搭建的房屋都不合格，存在严重的安全隐患。

就在韩津为修葺房屋头疼时，蚜虫又开始肆虐园子里奄奄一息的庄稼。

“生活 1900 生态园”里的蚜虫泛滥成灾，又得不到有效遏制，便有向周边田间扩散的趋势。政府派专家前来调查，韩津自知无法应付，便躲出去，让方喆应对。

专家考察完毕，建议使用农药灭虫，却遭到方喆反对。

“我们坚持做纯绿色农业，出现蚜虫，只能说明我们做得很彻底。大自然中的一切，存在就是合理的，人类无权决定消灭哪个，保留哪个。”方喆愤愤地说。

“你的意思是，我们回到树上生活更合理吗？”专家质问道。

“我们拥有这片土地的经营权和使用权，至于我们如何经营，如何使用，别人无权干涉。”方喆摆出送客的架势。

专家回去以后，向主管农业的副县长如实汇报了“生活1900 生态园”的情况，以及可能存在的隐患。

副县长给韩津打电话，韩津躲不开，只好硬着头皮来到县政府。

副县长是农业大学的研究生，喜欢看韩津主持的节目，在网上经常与韩津互动。县里招商引资，韩津想筹建生态园，双方一拍即合。

“生活 1900 生态园”运营起来之后，副县长越来越觉得这不是他想要的东西。

两个人寒暄之后，副县长就把专家的话对韩津讲述一遍。韩津没有反对，提出由政府出面，在“生活 1900 生态园”周边喷洒农药，抑制蚜虫扩散。他已经引进 5000 只青蛙，只要这些青蛙到位，那些蚜虫都不够它们吃的。

蚜虫的问题算是解决了，副县长又提出一个问题：“韩总，园子里是不是还有一些应该上学的适龄儿童啊？”

副县长之所以关心这个问题，是因为“深海鱼”把孩子带到“生活 1900 生态园”，和她一起过着半隐居的生活。她的丈夫反对无效后，就把这件事上传到网上，受到广大网民关注。

韩津点点头：“确实有一些。他们是志愿者的孩子，父母放弃高职高薪到园子里做志愿者，他们自然也就跟过来了。”

“这些孩子都没有就近上学吧？”

韩津摆摆手：“那些孩子虽然没有去学校上学，但是他们的父母都是高级知识分子，完全有能力帮助他们完成学业，学习效率远远高于学校。”

“韩总，你应该知道，我国适龄儿童到学校接受义务教育，是受法律保护的，任何人都无权剥夺，包括父母。那些志愿者的做法，肯定不合适吧？”

韩津反驳道：“教育不应该是一成不变的，园子里有园子里的教育模式。志愿者都是名校毕业的研究生、博士生，教育几个孩子绰绰有余。那些孩子不去学校，不等于他们没有接受教育。我实话实说，现在学校的应试教育，就是变相摧残学生。园子里的孩子父母对此深有感受，不让他们的孩子去学校接受教育，就是为了避免他们的孩子遭受这种摧残。”

副县长不接受韩津的观点：“韩总，孩子在学校里，不仅仅学习知识，还要学会如何与人相处。那些孩子整日封闭在园子里，将来怎么面对社会上的种种问题呢？再者说，你们不让孩子上学，已经涉及法律上的问题了。”

一番争论后，韩津见副县长并不吃自己这一套，便答应回去做家长的工作。

离开县政府，韩津意识到，自己和当地政府的蜜月期快结束了。

韩津进入县政府时，马晓寒也来到县城的农贸市场。

马晓寒和“深海鱼”准备到一家小商铺购买土制食盐。

今天是马晓寒与张语桐见面的日子，所以她才主动提出陪“深海鱼”出来购买土制食盐。

马晓寒见张语桐戴着口罩，站在离她不远的路边，便对“深海鱼”说：“我去趟厕所，一会儿我到盐店找你。”

“深海鱼”没有多想，便点头答应。

马晓寒跟着张语桐七拐八绕，来到一辆面包车前。

上车后，张语桐拿出仪器，给马晓寒做了快速体检。

“没有病毒感染，但是体内已经有寄生虫。”张语桐让马晓寒服下驱虫药。

马晓寒把“生活 1900 生态园”里的情况向张语桐讲述一遍，重点描述了张晓风事情。

张晓风曾经担任网讯公司一个项目组的主管，不仅有百万年薪，还有股权激励。如今，拥有娇妻、豪宅、名车的他，竟然放弃一切，到“生活 1900 生态园”里过着隐居生活。

当年，张晓风举报过网讯公司泄露用户信息，杨真和马晓寒为此到网讯公司调查，得知张晓风虽然是网讯公司独当一面的主管，却处处遭到排挤、限制和打压。对于他放弃一切来到“生活 1900 生态园”生活，马晓寒持理解态度（注释四）。

和张晓风类似，园子里还有银行高管、大学教授、基层干部。他们从原单位辞职，选择到“生活 1900 生态园”躺平，有个人原因，也有社会原因。至于那些毕业后找不到工作的大学生，大多是喜欢这里的慢节奏生活，远离那些到处蹭流量的网红，还有无孔不入的商业气息。

张语桐觉得马晓寒的描述，似乎带有一定的倾向性，甚至是喜欢上“生活 1900 生态园”与世无争的生活。

马晓寒最后总结道：“说实话，我觉得韩津等人，只是选择了自己喜欢的生活方式，并没有强迫谁非得像他们一样。语桐，你回去替我打报告，把我调离这里，我担心自己有一天也会喜欢上这里。”

张语桐拍拍马晓寒的肩头：“这就像谈恋爱，时间才能告诉你对面那个男人的真相。”

第七章

数字共和国

东非共和国学校的寒假和中国学校差不多。王鹏翔利用寒假的假期，带领宋梓馨、阿力赤返回国内。

阿婕莉娜要回俄罗斯探望父母，没有和他们同行。

宋梓馨和阿力赤被父母接走，许彦波把王鹏翔拉到自己的家里，急切地询问 B05 研学班办学的情况。

王鹏翔把 B05 研学班 10 个少年的进步介绍了一遍，着重讲述了 B05 研学班与 A01 研学班的不同经历。

“你做得对，应该安排这些课程。”许彦波对王鹏翔的课程设计赞不绝口，“他们只有经历那种初级技术社会，才有专研科学技术的决心。当初，我也想为 A01 研学班少年安排这样的研学内容，但是我和肖雅雯跑遍大江南北，结果却一无所获。所到之处，不是旅游景点，就是工业遗址体验园。”

对此说法，王鹏翔表示赞同。垂直农场为数不多的工人，年产值却比东非两个省农民的年产值总和还多。这对B05研学班的7个非洲少年触动很大，都下决心好好学习知识，以一己之力改变父母那代人的生活状况。

听到王鹏翔制止传销骗子的事情后，许彦波表示赞同。

许彦波说：“我们必须告诉这些高智商少年，什么是善，什么是恶。他们只有心怀国家、民族、责任和使命，才不会被别有用心之人利用。以前，很多人认为科技无国界，但是对于某些霸权主义国家而言，什么都是有国界的。他们对人对己，善于使用双标准，对此我们的下一代必须有清醒的认识，否则他们的能力越强，对祖国的危害就越大。”

王鹏翔说：“现在东非共和国马上面临总统选举，两派为了竞选胜利，无所不用其极。尤其埃斯金德，利用当地人反科技的心理，大肆诋毁支持与中方合作的卡尔比。不明真相的群众，把B05研学班视为异类，少年们的安全是一个大问题。”

许彦波说：“这也是选你当B05研学班导师的原因之一。现在中国强大，和平久了，有些公知可能受西方反华势力收买，或者为了吸引眼球，到处为西方文化摇旗呐喊，成为颠覆少年价值观的帮凶。没有经历过动乱、战争的人，容易想当然，或者容易被别人的虚假宣传欺骗。”

王鹏翔说："这么说，B05 研学班还有必要办下去？"

许彦波说："非常有必要。卡尔比总统大力支持这个项目，我们不能因为遇到一点儿困难就退出。我相信你，你也要相信那些高智商少年，办法总比困难多。"

与忧心忡忡的王鹏翔相比，宋梓馨回到国内，却是非常快乐的。

宋梓馨回到家，一头扎进 A01 研学班同学的微信群里，寂静的群里顿时热闹起来。

宋梓馨眉飞色舞地讲述自己的东非研学经历。同学们听到 B05 研学班的研学内容，都羡慕不已。

"唉，早知道如此，我留级好了。这辈子能不能去非洲，都是一个疑问。"冷泉发个郁闷的表情，"大学里一点儿都不好玩儿。我的那些同学，除了玩游戏就是谈恋爱，我感觉自己与他们格格不入。"

"我总觉得我的那些同学，考虑问题的角度与深度特幼稚。"夏荣应该比她的大学同学小三四岁，竟然也发出这种感慨，"他们不仅把学习当成负担，还拼命地花父母的钱。有时候我都不得不想，他们花那么多钱拿一个学历，毕业后能不能赚回父母在他们身上的投入。"

"初宇姐姐走南闯北，应该比他们过得快乐吧？"宋梓馨问道。

"也就凑合吧。我跟研究生做试验，感觉稍微好一些，导师干涉没有那么多。不过，天天圈在实验室内，也挺无聊的。”尚初宇发出一串难过的表情 。

其他同学的感受与这几位同学大同小异，都羡慕阿力赤和宋梓馨，能到东非经历那么多新鲜事儿。

张凡有事，最后一个上线，宋梓馨约他到家里来。

宋梓馨和每个同学的关系都不错，但能邀请到她家里的人只有张凡，毕竟他们是生死之交。

张凡一进屋，宋梓馨就像大姐姐一样，张罗给他做知识测验。

张凡本想听宋梓馨讲东非的见闻，没想到这个“姐姐”担心半年不见，他的学习能力下降。好在他对此有足够的信心，让这个“姐姐”随便出题随便考。

杨真和江志伟回到家中，见宋梓馨专心致志地测试张凡，也就没有打扰，一起进厨房准备晚饭。

张凡顺利通过宋梓馨的测试后，两个人便像大人一样聊起来。

张凡关心的问题是，B05 研学班有没有和他成长经历一样的孩子。

宋梓馨回忆一下，认为卡莉和张凡很像。她来自贫困地区，不像埃莱妮，有哥哥供她上学。卡莉在家乡学校就读时，父母就逼迫她退学嫁人。如果不是黛斯蒙娜把她推荐到 B05 研学班，她现在可能都生小孩儿了。

“其实她非常聪明，智商很高，只是学习条件太差了，差到令人难以想象。如果没有 B05 研学班，她极有可能用自己给家里换回 3 头牛。有时候，我真庆幸自己生在中国，拥有这么好的成长环境。张凡哥哥，你一定要珍惜你自身的条件和学习条件，千万不能浪费了。”宋梓馨叮嘱道。

宋梓馨与张凡聊天时，杨真和江志伟没有插话，只是默默地在一旁听着。他们对宋梓馨的成长，感到既震惊又满意。

送走张凡，宋梓馨把自己扔到属于她的水床上，舒服地来回翻滚。

第二天早上，宋梓馨起得很早，煮好早餐后，又打扫屋子。

杨真起床时，她已经做好家务。

“杨阿姨，你能给我生个小弟弟吗？”宋梓馨认真地问杨真，“东非的家庭，都有五六个孩子，我家为什么只有我一个呢？”

杨真认真地点点头：“也对啊，不然可惜我和你爸爸的高智商基因了。我们应该生一个，没准儿培养出第二个爱因斯坦呢。”

江志伟走出卧室，一把抱起宋梓馨：“生孩子不难，教育孩子太难了。我们能不能教育好你，还有待观察。”

宋梓馨想起宋春霞和江志伟经常因为教育自己的问题发生争吵，点点头：“确实存在这个问题。不过，咱们可以这样，你们负责生，我负责教育，怎么样？”

江志伟轻轻刮了一下宋梓馨的鼻子：“你啊，还是先把自己教育好吧！”

就在许彦波、王鹏翔担心埃斯金德蛊惑东非人进行反智活动时，埃斯金德为了赢得总统竞选，一刻也没闲着。

在安哈拉州首府郊外一个村子晾晒谷物的广场上，他组织自己的粉丝，上演他的成名作《强种》。

号角、战鼓、咒语响彻天际，广场上群魔乱舞。

《强种》这部歌剧讲述的是东非某地的一种古老风俗。每逢新年，村民都会绑架一个路人，给他灌麻醉剂，然后拖着他在村子里游街，家家户户把脏东西扔到他身上，殴打他，羞辱他，最后把他扔到村外。村民认为，全年自家的噩运都会被这个陌生人带走。

歌剧主人公就在这种地方长大。从小父亲对他说，他家是“强种”，身负非同寻常的使命。主人公到城市里求学，然后出国深造，接触现代文明。回家路上，他发现有个陌生的路人被村民掠为祭品，他于心不忍，用自己替换路人，被村民拖进村里，殴打致死。

然而，这并不是一部批判愚昧迷信的作品。

埃斯金德通过此剧告诉观众，只有本民族中的那些“强种”，才能领导同胞摆脱厄运。由于话剧的大半部分都在展示罕见的非洲巫术，埃斯金德在编舞和谱曲方面下了功夫，以致《强种》作为非洲文化代表作，在西方舞台长演不衰。

不过，在西方国家，埃斯金德的戏剧只在歌剧院里表演，观众都是当地的社会精英。回到东非后，他的竞选团队组织了许多场免费表演。

话剧表演结束，埃斯金德走到广场中央，向周围的民众讲话。竞选团队负责录像，准备上传网络，扩大他的影响力。

埃斯金德拿着麦克风，悲痛地说：“同胞们，15 年前我回到祖国时，亚当城发生了一起惨案。城外垃圾山倒塌，压死几十名拾荒者。如今，亚当城的人口增加一倍，GDP 总量增加 4 倍，城外的垃圾山越堆越高，越堆越大。卡尔比经常在电视上向你们喊口号，宣扬科学、进步、发展，其实他从未告诉你们，他真正的需要是什么。”

埃斯金德张开双臂，身姿和表情特别像《强种》话剧中那些巫师。

“我知道，你们脚下的这片地方，已经被政府强行征用。他们要强行迁走居民，把这里改建成污染巨大的工业园。同胞们，如果你们离开祖先生活过的土地，就会抹去祖先留下的痕迹，我们熟悉的一切都会被强行改变。我们可能变成自己曾经无比讨厌的那种人。我呼吁，你们一定要拒绝这种诱惑，无论他们出多少钱，你们都不能典当祖先留给你们的文化传统。”

埃斯金德蛊惑性十足的演讲，感染了民众，民众一起高喊口号，抵制任何想改变他们的东西。

东非共和国国内反智、反科学的思潮，犹如魔鬼的血盆大口，对准了仅有 10 个少年、两个导师的 B05 研学班。

寒假结束，王鹏翔、阿婕莉娜带领宋梓馨、阿力赤返回亚当城。他们发现，在他们离开的两个月内，亚当城发生了巨大变化，夜晚城市的街道都变亮了。

东非共和国常年缺电，亚当城虽为首都，竟然也有三成居民家里没有连接电网，街道的晚上更是常年一片漆黑。

寒假期间，中国负责建造的复兴大坝一期正式并网发电，通过中国电力公司铺设的电网，把充盈的电力送到亚当城，基本满足了亚当城的用电需要。

让宋梓馨、阿力赤感到惊喜的是，还有学姐尚初宇也来到他们身边。

卡尔比就任总统初始，就带领内阁访问中国进行招商引资。其间，他多次参观网讯公司总部，与尚磊成为朋友。回国后，两边的团队就开始洽谈合作事宜。

这次尚磊率团队来到东非，就是想在东非开展网络支付业务。尚初宇对 B05 研学班充满好奇，强烈要求来东非，尚磊便答应了她。

尚初宇来到垂直农场，宋梓馨和阿力赤负责接待。

“师姐，你爸爸出国，你都能跟着吗？”宋梓馨问道。

尚初宇说：“这次是我强烈要求来的，我想看看你讲述的那些事情是不是真的。说实在的，我真想不出世界上还有如此落后的地方。”

阿力赤说：“东非共和国去年 GDP 总量是 866 亿美元。你爸爸的网迅公司营业额为 737 亿美元，一个国家和一个公司基本在一个数量级上。你知道为什么吗？两者处于科学技术等级的两端。”

尚初宇说：“我爸爸的公司才有 12 万人，东非共和国有 2000 万人，产值怎么可能差不多呢？这里得多落后啊！”

“你要想看到这里有多落后，必须得请当地人帮忙。”宋梓馨说。

宋梓馨把尚初宇的要求告诉海亚特，海亚特就联系泽梅德内。

泽梅德内二话没说，就租了一辆商务车，载着宋梓馨、海亚特和尚初宇，来到城区火车站附近。

这里刚拆迁一半，几十个流浪汉呆呆地坐在路边，身边有些瓶瓶罐罐。大部分人把塑料布铺在地上，上面摊着破被褥。

尚初宇见过美国、日本和欧洲各国大街上的流浪汉。那些人都是不愿意工作被房东赶出来的人，以乞讨为职业，而且各个吃得膘肥体胖。眼前这些流浪汉，不仅身体羸弱，精神状态也差到极点。

看着看着，尚初宇忽然走向一个二十岁左右的流浪汉，向他打招呼。

一个年长的流浪汉马上拦住她，用安哈拉语质问。

“他问你想干什么。”海亚特翻译道。

“你告诉他，我想采访那个年轻人，可以付钱。”尚初宇从口袋里掏出一张大额纸币递给海亚特。

海亚特把尚初宇的想法转达给成年流浪汉，却遭到拒绝。

泽梅德内告诉尚初宇，他们都是无家可归的流浪汉，不是在这里骗钱。他们以自己的现状为耻，不想让别人知道自己的过去。

尚初宇半晌没说话，转身离去。

这条烂泥路的尽头是个丁字路口，有一家还算干净的西餐厅。尚初宇张罗进去吃饭，其他人只好跟她进去。他们点了一些汉堡和薯条，边吃边聊。

这时下雨了。

“那些人怎么办？”尚初宇看看窗外，问海亚特。

“谁？”

“那些流浪汉。”

海亚特摇摇头，表示她也不知道那些人如何熬过这种糟糕的天气。

海亚特自幼生活在大学校园里，父母经常叮嘱她，这半边城区盗匪横行，污秽遍地，她就一直不敢来。十几岁后，她才和父母来到这里，但也不敢长时间停留。

尚初宇掏出一些钱递给服务员，要他们买十几把雨伞。

雨伞买回来了，他们又购买了一些汉堡和热橙汁，和雨伞一起送给那些流浪汉。

尚初宇无心再逛，便返回垂直农场，一路上他们都惦记那些流浪汉，谁都没说话。

尚初宇回到B05研学班宿舍，觉得亏欠宋梓馨、海亚特一个人情，决定请她们到国家歌剧院看歌剧："两位，一会儿我带你们体验一下这里上流社会的生活。"

尚磊派人把她们送到国家歌剧院，观看埃斯金德导演的作品《马其的巫术》。尚磊和当地官员在前排就座，尚初宇、宋梓馨和海亚特被安排到二层的包厢里。

大幕拉开，温文尔雅的那加图走上台，客串主持人。

"你们看，他就是我爸爸！"海亚特指着舞台喊道。

"你爸爸好帅气啊。"尚初宇、宋梓馨赞叹道。

这部戏剧大部分情节是展示非洲歌舞和巫术，只有少量的英语台词，她们差不多能听懂。

歌剧讲述一个被殖民者掌控多年的非洲国家里，年轻政治家马其借助国王的力量，驱赶殖民者，让国家获得独立的故事。

国家独立之后，马其和现任国王争夺领导权。国王有点儿像古代中国东北的萨满巫师，借助宗教力量统治部落。比如，当地以薯蓣为主粮。每年的收获季节，国王都要吃收获的第一块薯蓣，以象征其尊贵的身份。

国家独立后，马其号召国民接受“科学进步主义”，反对宗教的愚昧，最终推翻国王。然而，他当上国王之后，又开始愚弄臣民，继承并扩大了原国王的特殊权力，进而成为不讲道理的独裁者。

“科学进步主义？这是什么主义？”尚初宇正在学习科学史，没有听过这个概念。

“我爸爸说，那是编剧虚构的。”海亚特说。

“为什么把‘科学’和‘进步’这些正面概念放在反面人物身上呢，导演想表现什么呢？”宋梓馨也想不出原因。

这部剧到底想表现什么，3个女孩子都没有看明白。

返回垂直农场的路上，宋梓馨悄悄地告诉尚初宇：“师姐，我知道一个好玩的地方，我带你去看看。”

第二天，宋梓馨、埃莱妮、尚初宇来到非洲之星大学。

这里名义上叫大学，其实只是短期语言补习班。通过恶补，学生可以通过发达国家的语言考试。不过，这所学校只建议学生出国学习科学、技术、工程、数学四个领域的专业。“黑色工程师运动”的发起者赞巴卡就是从这所学校走出去到日本留学的。

今天，“黑色工程师运动”领袖赞巴卡将在这里面对新生演讲。

进入学校之后，学生看到尚初宇和宋梓馨，并主动用中文与她们打招呼。看样子，这里有很多学生准备到中国留学。

赞巴卡开始演讲了。

“同学们，你们见到中国人，都会说‘你好’。可是你们知不知道，来到这里的中国人有两种：一种人带着资金和技术，帮助我们建设发展；另外一种人，跟我们高谈阔论，要我们放弃所有先进的东西，如良种、农药、化肥和水利工程，只种填不饱肚子的祖先留下来的农作物。同学们，现在是什么时代了，我们还停留在温饱线之下？我们现在要解决的问题，首先是活着，活下去，然后才是其他。

“和这种伪君子打交道，我们会饿死的。但是，我们当中很多人的父母，却接受了他们的蛊惑。同学们，你们想一想，难道我们只有世世代代镶着唇盘，饿着肚子唱歌跳舞，才算正宗的非洲人？如果我们会操作计算机，驾驶宇宙飞船遨游太空，用自己研发的现代武器保卫家园，就背叛祖宗了？”

台下观众一阵大笑。

赞巴卡继续说道：“同学们，我们必须拒绝这种复古标签。我们要科学，要建设，要让我们的国家强大、人民富有。各位，这是你们的使命。我们需要科学教育，需要培养 5000

万工程师！这就是我们的奋斗目标！”

“为什么是5000万呢？”尚初宇小声问埃莱妮。

埃莱妮告诉她，“黑人工程师运动”已经得到非洲很多国家响应，5000万是他们为非洲大陆制定的目标。目前非洲有9000万人拥有科学、技术、工程、数学专业文凭，他们把目标定得保守一点儿，就有了5000万。

赞巴卡告诉埃莱妮，100年后，非洲人口将达到世界总人口数量的1/3，并且都是大学生。他们兄妹将是让科学在非洲大地开枝散叶的拓荒者。

“天啊，许老师好像也说过类似的话。梓馨，你还记得吗？”尚初宇问宋梓馨。

宋梓馨说：“我当然记得。他说，三代人以后，每个中国人都能拥有本科文凭，那时候，社会和今天完全不同。”

“这比昨天那场歌剧精彩多了，我得给他们捐点儿钱。”尚初宇翻遍书包，也没找出几张钞票。

宋梓馨建议：“你先给学校购买一批桌椅吧，比捐钱更实惠。”

尚初宇冲宋梓馨竖起大拇指。

在返回垂直农场的路上，尚初宇把自己捐赠桌椅的想法告诉了尚磊，得到尚磊大力支持，当即命令助理联系生产厂家。

把尚初宇等人送回垂直农场后，尚磊又赶到总统府，给卡尔比总统和各位部长作题为“数字共和国”的报告。

中型会议室内，尚磊站在讲台上，身后是刚安装的巨大触摸显示屏。

“卡尔比总统，各位部长，这是东非共和国地图，请允许我随便选个居民区。比如这里，安哈拉州乔尔县的——这个小镇——抱歉，我读不出它的名字。”尚磊站在触摸屏前，在电子地图上戳戳点点。

行政区一次次放大，一个小镇占据了半个屏幕。

卡尔比和部长们，目不转睛地盯着屏幕，感觉尚磊像在变戏法。

屏幕右侧，显示着所有与这座小镇有关的数据，如人口流动量、气象变化、用电量、即时商品交易额，传染病病例等，共有十几项之多。

不过，一些条目还没有链接，这就是网讯公司将来要做的工作。

网讯公司正在研发这套系统，名叫《数字共和国》。这套系统的构想是，通过大数据、云计算，实现万物互联，一个乡镇、一个城市的即时信息，能即时汇总到管理者面前，便于管理者做出科学决策。

“我国有一亿多人口，大小五百多个城市，这套系统能承载那么多数据吗？这得需要多大的算力？”卡尔比质疑道。

“请总统阁下放心，所有算力，都在网讯的云计算上。它的算力到底有多大呢，可以为现有世界国家百倍规模的网民同时转播奥运会所有项目。贵国城市的网络需求，只是云计算算力的九牛一毛。”

卡尔比站起来，点击亚当城，亚当城现有的数据，立即显示在屏幕上。他感叹道：“我的政府上马这套系统，就得解雇 100 万名公务员，这也是一个大难题。”

“目前应该还不至于。”尚磊解释道，“一个国家现代化程度越高，政府的工作量就越大。美国号称小政府大国家，财政供养人口的比例也不低。贵国刚开始实行现代化，要管理的事务会越来越多。总统阁下需要担心的，不是解雇 100 万公务员，而是如何让公务员接受这套系统，学会在数字政府里为人民服务。”

“你们怎么看？”卡尔比扭头问各位部长。

“有了它，所有基层官员就无法懒政，大数据会随时记录他们做了什么。”组织部部长说。

“贪污腐败、偷税漏税的行为将无法存在。每个人每时每刻的收入、消费金额都能及时显示出来，根本无法进行暗箱操作。”监察部部长说。

“这套系统能对灾情预警，能在一定限度内减少损失。”应急管理部部长说。

基夫莱尔说：“如果我国上马这套系统，至少能减少我们一半的工作量。我们和邻国虽然已经停战，但还处于紧张对峙状态。他们一直往我国派送间谍，培养恐怖分子，对我们政府各部门进行渗透。这套系统能甄别出可疑人员，形成无形的天罗地网，我们的敌人很难获得攻击我们的机会。”

但是，也有人担忧，把国家的管理职能交给一个外国公司，未知风险到底有多大，还有待评估。

针对这一点，尚磊早有准备：“总统阁下，各位部长，你们有这种担心，可以理解，但没有必要，因为总服务器会安置在亚当城。我们只负责领导当地的工程师，维护总服务器正常运行。总服务器上的数据全部留在东非。”

最后，卡尔比一锤定音，与网讯公司签署合作意向，待民调结果出来之后，再决定是否上马“数字共和国系统”。

尚磊敲定“数字共和国”项目之后，又推出一个比较容易施行的项目，打造“东非创新中心”，旨在把东非的特产通过网络卖到世界各地。

“10 亿美元营业额，10 万个就业岗位，就是我带来的礼物。但是，没有你们的努力，也是不可能完成的。”尚磊用这句话，结束了他的项目介绍。

B05 研学班的少年们在晚间新闻上看到尚磊的介绍，贾比尔心中无比激动，难以入睡，爬起来改写自己的人生规划。他计划先去中国留学，回来成为“东非创新中心”的高管。

尚磊结束了他的东非之行，尚初宇跟他回国了。B05 研学班的师生，又开始了紧张的研学活动。

这天，10 个少年拿起捕虫网，到田间捉蚂蚱。

当然，他们不是玩游戏，而是给亚当城蝗虫研究所抓捕试验样品。

亚当城蝗虫研究所由东京理工大学资助，研究所所长也来自日本，是赞巴卡留学时的导师。

赞巴卡支持 B05 研学班的师生，利用他和导师的关系，给少年们提供了一次研学机会。

散居相蝗虫并不成群结队（注释五），来自日本的研究员又给少年们定下严格标准，抓什么品种，何等尺寸，事无巨细。

少年们把抓到的大量蝗虫送到研究所后，戴上乳胶手套，逐一量蝗虫的尺寸，挑选合适的品种。

散居相蝗虫非常凶猛，前腿切，后腿蹬，一心想摆脱少年们的控制。它们还会吐出胃里的液体，或者拉出令人反胃的屎。即便如此，少年们依旧按照要求，保质保量地上交了蝗虫。

“你们做得很好，晚餐有大赏。”40 岁的日本研究员夸奖他们的严谨和认真。

晚餐的餐桌上，少年们见到了蝗虫刺身、蝗虫比萨、蝗虫炒饭，甚至还有蝗虫制成的冰激凌。

“蝗虫的营养价值高于虾类，大家放心用餐吧。”所长坐下，淡定地吃着蝗虫食品。

少年们面面相觑，见所长吃得很认真、很享受，他们就勉强地尝试。事实上，蝗虫没有他们想象中那么难吃，口感确实和虾差不多。

吃着吃着，少年们竟然适应了蝗虫的味道。

“所长，您来东非多久了？”纳夫科特问。

所长说：“我9年前就来到东非了。我的研究方向是治理沙漠蝗虫，日本国内没有研究样本，所以我就来到这里。”

“您每天守着这些蝗虫，不感到恶心吗？”卡莉好奇地问。

所长说：“小小的蝗虫身上，还有很多我没有揭示的秘密。它在我面前，就是一座宝藏啊。”

“一个蝗虫，值得投入这么多人力财力研究吗？”宋梓馨问。

所长给少年们讲述蝗虫研究的漫长历史。直到今天，人类仍然未能掌握它的全部习性。最后，他告诉少年们：“每年世界各地都会出现蝗灾，目前还没有最有效的根治办法，因为我们还没有弄清楚它们为什么会大面积出现。这个难题，不但需要我，也需要你们去研究。”

接下来的一个月内，少年们在蝗虫研究所充当研究员的小助手，接触到很多关于蝗虫的前沿知识。

周捷受蝗虫研究所的启发，让少年们参与垂直农场研发中心对苍蝇的研究活动。

他们在容易滋生苍蝇的地方，挖出蝇蛹，然后测量出蝇蛹生活土壤的温度、湿度，在实验室内制作培养基，观察蝇蛹变成苍蝇所需条件和过程。

他们还解剖苍蝇，分析它各部位的组织结构，和研究员研究苍蝇的利用价值。

尚磊回国后，网讯公司和东非共和国政府打造“数字共和国”的消息占据各大媒体头条，引发全民大讨论。

经过一段时间发酵，卡尔比指示电视台，召集各界的意见领袖，以“数字共和国”为题，组织一场辩论赛。

反方代表是一位记者，他首先站起来发难：“请问正方辩友，难道你们真的不在意隐私吗？所谓的‘数字共和国’，它能剥光你的衣服，深入你的皮肉，从你的内心深处挖出你的最后一点隐私！”

赞巴卡作为正方代表，针对反方代表的话题，展开辩论：“其实，隐私只是出现不到两百年的一种观念。两百年前，绝大多数人生活在农村，一辈子只能接触百把人，他做什么事情，家里发生什么事情，村里人都知道。后来因为城市化，人们搬进楼房，拥有了独立空间，才产生‘隐私’这个概念。但我方认为，尊重隐私未必是真正的进步。譬如互联网匿名化，任何人都可以攻击任何人，原因是不用负责。后来实行网络实名化，这种现象明显少多了，因为无端诋毁、谩骂一个人，会付出巨大的代价。现在，中国人都愿意把自己的个人信息公开，因为他们认为，那样会让自己更方便了。你们看看这位来自中国的朋友。”

周捷站起来，向观众点头示意。

赞巴卡接过周捷的手机，打开一个 APP 软件，对着周捷的眼睛扫了一下。

赞巴卡把手机置于摄像机的镜头前，一边操作一边介绍：“只需轻轻扫一下，我们就可以看到这位先生的所有信息，包括他就读的学校、从业的单位、犯罪记录、资产负债等。天啊，竟然还有他的 DNA 信息。大夫看到这个信息，就可以据此制定预防遗传疾病的方案。反方朋友，你们是愿意和一无所知的人合作，还是愿意和这位先生合作呢？”

反方代表说：“不是每个公民都和别人谈生意，也不是每个公民都想了解任何人的情况。如果一个人一天收入多少钱、花掉多少钱、去过哪里做了什么，都会被政府掌控的话，是不是很可怕？”

赞巴卡说：“只要你的收入、开销合法，有什么可怕的呢？难道你们希望那些贪官继续把纳税人的钱据为己有，或者转移到国外吗？”

东非共和国历届政府都没有解决贪腐的顽疾，导致国内贫富分化严重。赞巴卡提出这一论点，立即触及现场观众的痛点，纷纷支持政府尽快上马“数字共和国系统”。

主持人请赞巴卡谈谈对总统候选人埃斯金德的看法。

赞巴卡首先承认埃斯金德取得的艺术成就，还肯定他在反抗前政府暴行中的积极表现。

“在前政府高压统治时期，他以自己的方式进行反抗，这是值得尊重的地方。然而，这个问题应该留在这届政府执政之前。今天，东非共和国需要发展，人民需要富有，但前提是，我们必须掌握先进的科学技术。对于如此反对科学的人，肯定无法率领东非人民达成这个目标。”

“可是，他提醒我们要注意第六次生物大灭绝，这种警示应该有积极意义吧？”主持人问道。

“很多人认为，2012 年 12 月 21 日是世界末日呢，我们现在不是都活得好好的嘛。第六次生物大灭绝？笑话，我们要面临的危险是生物大爆发！数量可能不如寒武纪，速度绝对比那时快得多。当然，这场爆发不是发生在自然界，而是在基因实验室。将会有越来越多的合成生物为人类服务。”

“难道，它们不会破坏大自然的平衡吗？”主持人问。

“在生物界，变化才是永恒的，平衡只是暂时的。如果大家不喜欢变化，干吗绞尽脑汁向中国、美国、欧洲移民呢？在东非保持刀耕火种的生活现状不是更好吗？”

这次辩论赛，以正方完胜结束。

埃斯金德的竞选团队抓住“数字共和国”项目的一个弱点，把国家所有数据交给外国网络公司掌控，必然存在巨大隐患。他们以此反击支持上马“数字共和国系统”的卡尔比，骂他是卖国贼，为了一己之私出卖国家利益。

东非境内也有民粹。那些生活不如意或者事业遭遇失败的人，纷纷在网上攻击卡尔比。

不久，一位国际著名媒体的记者提出要采访卡尔比。

卡尔比觉得这是展示“数字共和国系统”优势的好机会，便把那位记者约到总统办公室，向他展示那套系统。

卡尔比介绍道：“假设埃斯金德先生当选下届总统，他坐在这间办公室里，只要动动手指，就能知道全国各地的情况，比如哪里发生蝗灾或者瘟疫，哪里可能出现旱灾或者水灾。埃斯金德先生不需要掌握这些信息吗？我想他应该需要。每个希望国家高效运转的领导人都需要。如果我竞选失败，希望他能聘请我作为信息顾问，教他如何使用这套系统。”

这位记者也被这套系统折服，发表了支持东非上马“数字共和国”项目管理系统。

卡尔比为了说服他的反对者，决定在亚当城的一个广场举行演讲，宣传他治国理政的观点。

演讲开始，卡尔比深情地说：“同胞们，我出生在战乱年代，挨过饿，扛过枪，受过伤，被贫穷和落后折磨了大半辈子。最近二十年，我们的国家才走上正轨，开始搞经济建设。与世界上那些发达国家相比，我们错过了一个又一个历史机遇，至今还停留在维持温饱的基本线上。现在的东非人，就像在峭壁上攀登，离崖顶还很遥远，会爬得很辛苦，但是，我们除了爬上去，别无选择。因为我们过够了那种落后、挨打、贫穷的日子。如果现在有人叫我们松手，他不是愚蠢，就是邪恶！”

这时，一个黑糊糊的东西落到卡尔比身边。

军人出身的卡尔比反应很快，立即卧倒。

一颗土制手榴弹在演讲台上炸响。

经济落后的东非境内，为接不接受先进事物争吵；科技先进的中国境内，也出现了反对科技的活动。

在“生活 1900 生态园”的集体食堂内，一些人在高喊口号：

“保卫地球！”

“誓死保卫地球！”

“我恨化学！”

“我们都恨化学！”

“降低技术，拥有感情！”

“低技术才有真感情！”

……

不知道是因为日程繁忙，还是因为“生活 1900 生态园”的境况惨不忍睹，韩津已经很久没有开宣讲会了，改为由骨干分子带领他的拥趸喊口号、唱歌曲。

李宵回国后，来到“生活1900生态园”，韩津便安排他与他的拥趸见面，带领他们在饭前喊口号，然后分享他在国外的见闻。

马晓寒看着并肩站立的韩津和李宵，感觉有点儿不可思议。他们都爱过杨真，不但没有成为不共戴天的情敌，反而为了相同目标走到一起。

由于“生活1900生态园”粮食不足，园子里志愿者的晚餐，只能食用蔬菜稀粥。李宵一边给志愿者碗里添粥，一边回答他们的问题。

韩津提出“全球生态崩溃”的大限是15年。“生活1900生态园”的总目标是在15年内在全国推广田园生活。

马晓寒针对这种情况，询问李宵：“如果15年到了，全球生态没有崩溃，也没有更多的人追随我们，该怎么办？”

李宵脸上露出一抹邪魅的笑容：“我们当然有应对的办法，并已经制定了解决方案。”他坐下，示意志愿者们也坐下，“你们知道阿德里安为什么把宣传重点放在学生身上吗？

“阿德里安号称在欧美国家中有1000万中学生支持他，咱们除去水分，保守估计应该有200万人。不论他在哪个国家发表演说，都能获得十几万人支持。你们可能认为他只是一个少年，能吸引无知的同龄人。除此之外，你们思考过这种现象背后的深意吗？

“那些孩子长大以后，就会形成世界上庞大的生态纠察队！那时候，我们会挨家挨户检查有没有违反生态原则的产品。电脑、手机、汽车、塑料制品等所有污染源都要清除。如果有人不放弃，就强迫他们放弃。我们还要捣毁通信基站，摧毁核电站，关闭海上油井。实现这个目标的关键是什么？是人数，只要有足够多的人与我们同心同德，我们就是一股不可战胜的力量，开创属于我们的时代！”

马晓寒听完李宵的讲述，不由得倒吸一口凉气。这段时间里，她一直认为这些人是人畜无害的生活失败者，没想到他们还有改变世界的野心。

但是，无论李霄的生态蓝图多么宏伟，“生活 1900 生态园”的状况却越来越糟糕。

来过这里的体验者，纷纷在自媒体上诉说自己对这里的失望，导致很多网民对这里望而却步。

旅游门票是“生活 1900 生态园”的最大收入板块，眼看着门票收入呈断崖式锐减，韩津只能靠他的三寸不烂之舌，挽留已经动摇的志愿者。

“我们这里人人平等相处，不用为几两碎银没有尊严地活着，不用负重前行，不用苟且偷生，愉快地做真实的自己。我们的生活虽然很简单，但内心却是充盈的。内心强大的人，是任何人都无法打败的！

“法律？不，我们住在这里，和来自五湖四海的兄弟姐妹和睦相处，没有任何名利之争，还用得着法律吗？凭良心做人做事就足够了。现行法律的本质，就是维护科学工业共同体。它让我们不能干这个，不能干那个，让我们把自己活成磨坊里的那头驴。为了一口果腹的草料，不得不无休止地走下去。”

“对，外面确实是这样的！”

“职场根本没有公平公正可言！”

“他们就是想把我们变成赚钱的机器！”

志愿者们被韩津的演说煽动起来，纷纷喊着口号。

马晓寒一边跟着喊口号，一边观察身边的人，心里暗暗为他们难过。这些人，可能因为在某些方面的失败，或者生存不容易，才来到这里，钻入信息茧房之中。他们听到的一切，看到的一切，都是韩津想让他们听到的、看到的。

第八章

和平的暴力

东非共和国东西部年降雨量差别很大，西部水量充沛，东部干旱少水。为了解决这个问题，东非共和国效仿中国，并在中国的资助下，修建“西水东调”工程。

这项工程把青尼罗河的水引向阿瓦萨河，贯穿首都亚当城，每年引水量达到百亿立方米，改变东部民众饮水困难的现状。

“西水东调”工程即将竣工，王鹏翔决定带领B05研学班的少年们见证这个伟大的历史时刻。

这天，HE集团东非分公司派出两辆商务车，载着师生驶向阿瓦萨河。

他们在乡村级公路上颠簸了一天，距离阿瓦萨河还有二百多公里。天黑，路况差，他们便找地方投宿。

少年们刚睡下，泽梅德内突然把王鹏翔、阿婕莉娜叫起来，表明自己的真实身份。他隶属东非共和国国家安全部，受基夫莱尔委托，保护B05研学班师生的人身安全。

王鹏翔对泽梅德内的真实身份并不感到意外，意外的是，他为何这时候说出这个秘密。

泽梅德内焦急地说："卡尔比总统在竞选集会中遭到袭击，总参谋长在上班路上被暗杀，安哈拉州通信全部中断。敌明我暗，为了确保B05研学班师生的安全，基夫莱尔命令我们马上终止这次研学活动，返回垂直农场。"

王鹏翔意识到问题的严重性，毫不迟疑地叫醒少年们，收拾行李，连夜返回垂直农场。

此时正值雨季，路况变得很差。为了避开出现危机的安哈拉州，他们要绕道而行。

第二天晚上，他们才驶入较为安全的筱岛市。泽梅德内命令司机把两辆商务车直接驶入市警察局，希望把少年们安排在那里过夜。

"不，这里更不安全。"警察局局长肖万指指门口。

警察局所在的街道，突然间亮如白昼，数千名示威者举着手电筒，朝警察局围拢过来。

"这次骚乱和中国人有关，你最好把这些中国人全部带走，否则我无法保证他们的安全。”肖万焦急地说。

泽梅德内、王鹏翔、阿婕莉娜觉得肖万的话不无道理，在几千名冲动的民众面前，根本没有道理可讲，还是离开这里比较安全。

肖万打开警察局的后门，让他们从小巷直奔无人的郊区。

虽然身处险境，少年们却一点儿都不害怕。尤其经历过战争的纳夫科特和穆尔吉亚非常兴奋，巴不得与暴民们好好打一仗。他们认为没有必要东躲西藏，直接击退暴民才是上策。

“不，你们现在的任务就是安全返回垂直农场，其他什么都别想。”王鹏翔严肃地警告躁动不安的少年们。

路上，泽梅德内依靠卫星电话，与国安部门、警察部门一直联系，慢慢理清了事件的大致情况。

安哈拉州政府准备建设一座工业园，吸引中国企业投资建厂。在征地过程中，和当地农民发生分歧。

埃斯金德是安哈拉州的安哈拉族人，宣称家乡的土地被政府低价强征，高价转卖给中国人。他在家乡进行 5 次演讲，在自媒体上罔顾事实，挑拨离间，煽动民众抵制政府征地。不明真相的民众，把中国人、中国企业、在中国企业就业的东非人，列为攻击对象。

现在，B05 研学班师生面临的最大困难，是无法确定安全返回垂直农场的路线。

泽梅德内向国安部报告了他们的所在位置，基夫莱尔已经焦头烂额，根本无法顾及他们，只在口头上嘱咐他们注意安全。

就在这时，远处传来一阵嘈杂声，手电筒光到处乱晃。

泽梅德内立刻熄灭车灯，让少年们待在车里不要出声。他提枪下车，抵近查看情况。

十几分钟后，泽梅德内跑回来，紧张地告诉王鹏翔，那些人应该是当地的“桑地派”信徒，受命寻找附近的中国人。

“怎么办？”王鹏翔问。

“跟紧我的车，开足马力冲过去！”泽梅德内说。

王鹏翔看看左右，意识到这是唯一的办法。于是，他和泽梅德内分别驾驶一辆商务车，用远光灯照射前方，加大油门猛冲。

“桑地派”信徒见两辆商务车来势凶猛，纷纷避让。

商务车经过人群时，王鹏翔看到了“桑地派”激进分子格布雷。他已经入狱，不知道为何能出现在这里，手里还端着 AK–47 突击步枪。

“中国的汽车，里面肯定有中国人！”格布雷举枪射击。

手里没有枪的信徒，捡起石块砸车。

两辆商务车疯狂地向前猛冲，根本顾不上路上的沟沟坎坎。少年们却觉得非常刺激，不断地尖叫。

不知跑出多远，后面已经毫无声息，两辆商务车才停下来。

泽梅德内一动不动地伏在方向盘上。

阿婕莉娜不敢开启车内的灯，轻声呼唤泽梅德内，只听到他断断续续地说自己中弹了。

王鹏翔下车检查泽梅德内的伤势，发现他胸部中弹，鲜血已经洇透上半身。不知道他凭借什么样的毅力，把少年们带离危险区域。

王鹏翔、阿婕莉娜拿出急救箱，为泽梅德内止血，包扎伤口。

“中国朋友，不——不好意思——我——我没有——完成总统——”话没说完，泽梅德内的头猛地栽到一边。

王鹏翔和阿婕莉娜来不及悲伤，经过短暂商议，他们决定把泽梅德内的遗体放在车内，再把两辆商务车藏起来。

藏好商务车，他们和周捷取得联系。

周捷告诉王鹏翔：“你们右前方1500米处有座农用机械仓库，是当年我负责设计修建的。你带领孩子们赶到那里。我马上和库管联系，先把你们藏起来，明天我派人接你们。”

王鹏翔带领少年们赶到农用机械仓库，库管把他们安排到库房里。

库管以给他们找食物为名离去，很久没有回来。

他们没有等来库管，却等来嘈杂的叫骂声。

“库房里有中国人！”

“抓住中国人！”

王鹏翔把7个东非少年召集到一起，对他们说：“歹徒在找中国人，你们躲在这里别动，我们5个人离开。”

“不，我们是一个团队，死也要死在一起！”贾比尔大声喊道。

“怕个球，和他们拼了！”穆尔吉亚满眼冒着怒火。

“王老师，我们小时候整天打仗，不会成为你的累赘。”纳夫科特认真地说。

没有一个非洲少年选择退缩。

这时，暴民已经包围了他们所在的仓库。

王鹏翔反锁大门，查看四周，发现库房里只有3台收芝麻的联合收割机。

阿力赤跑过去，这看看，那摸摸，念着上面的中文铭牌：“拨禾轮……加宽轮胎……高度调节架……油料作物研究所……天啊，这是收芝麻的联合收割机。”

宋梓馨跑过去，看到收割机的拨禾轮，和江志伟公司设计的机械手非常像。

江志伟听从宋梓馨的建议，让设计师临时设计图纸，委托一家农机研究所制造出3台收割芝麻的样机，送到东非试验。

“车里应该没有加油，大家看看这里有没有柴油。”王鹏翔吩咐道。

阿婕莉娜说："王鹏翔，你得教会我们如何操作这台机器。我们人多，可能需要驾驶 3 台才行。"

王鹏翔在警校里学习过各种车辆驾驶技术，甚至还能驾驶直升机。这种收割机虽然是新产品，但驾驶方式基本和其他农用机械差不多。

王鹏翔看了一下操作台，指导阿婕莉娜和阿力赤如何驾驶。

穆尔吉亚从墙角找来柴油，注入油箱。

王鹏翔让宋梓馨、海亚特、周宏伟坐在他的车上冲在前面；阿婕莉娜驾车载着贾比尔、穆尔吉亚、卡莉殿后；阿力赤带领其他少年，夹在两车中间。

王鹏翔、阿婕莉娜、阿力赤驾车在宽敞的库房里行驶几圈后，便掌握了驾驶要领。

库房外的喊叫声已经非常清晰，不时有砖头、石块砸碎玻璃窗。

10 个少年的镇定，超出了王鹏翔的想象。

王鹏翔把芝麻收割机的油门踩到底，车前的拨禾轮飞速旋转，马达声不亚于坦克。

暴民们在庞大的芝麻收割机前，就像一群弱小的蚂蚁，纷纷逃离。

三台芝麻收割机没有受到任何阻拦，平稳地驶上公路。

半分钟后，暴民们才意识到，芝麻收割机的攻击力并不强，只要设置路障，就能逼停它们，于是大喊大叫地跑上公路。

“王老师，他们让前面的人设置路障。”海亚特提醒王鹏翔。

前面出现十几个壮汉，手持各种农具，准备设置路障。如果王鹏翔驾驶芝麻收割机径直冲上去，肯定是血肉横飞。他当然不能那么做。

王鹏翔猛打方向盘，拐向右面的田间小路，朝山脚下驶去。

阿力赤和阿婕莉娜驾车紧紧跟在后面。

链条式的芝麻收割机，适合在泥泞的地里行驶，地里的浅沟对它根本构不成阻碍。

暴民们深一脚浅一脚地在后面追赶，不时有人摔倒。

王鹏翔打算把少年们送到前面的山上。山上有树林和灌木，便于隐蔽。只要拖到明天，基夫莱尔或者周捷的人就能来接应他们。

山脚下没有路，王鹏翔指挥少年们下车。

“你在前面带路，我负责殿后。”王鹏翔抱起宋梓馨，指挥阿婕莉娜带领少年们上山。

少年们平时的体能训练发挥了作用，他们飞速跑向山顶，没有一个人掉队。

阿婕莉娜突然举手示意少年们停下。

王鹏翔向左右看了看，发现两个黑影在逼近他们。

王鹏翔指着黑漆漆的山坡，用手势指挥少年们到灌木丛中藏起来，他过去应付那两个人。

王鹏翔从地上捡起一根粗树枝，掰掉枝杈。待阿婕莉娜与少年们藏好之后，他迎着两个黑影走过去，准备发起攻击。

两个黑影也发现了王鹏翔，立即左右分开，摆出迎战架势。

王鹏翔本想利用夜幕掩护，出其不意地袭击对方。见两个人的架势，应该是训练有素的人。

他没有贸然发起攻击，观察一会儿后，突然将木棍掷向前面的人，然后飞身跃起，攻击后面那个人。

以王鹏翔的身手，在这么近的距离内，木棍肯定能击倒对方。没想到，对方却轻松地接到木棍，转而要与后面的人合击王鹏翔。

两个人似乎看清王鹏翔是中国人，低声用汉语问道："阁下是王鹏翔先生吗？我们是金鹰特卫公司的，前来接应你们。"

中国企业的投资遍布世界各地，利益保证和人身安全方面的问题越发突出，海外安保行业应运而生。金鹰特卫公司便是国内成立时间最长、规模最大的安保公司，专门为海外中国企业提供保护。

HE 集团东非分公司和金鹰特卫公司是合作关系。

王鹏翔对金鹰特卫公司非常熟悉，但依然不敢相信他们的话。

对方见王鹏翔依旧保持防御架势，便用东北方言说道："王老师，我们受周捷经理委托，前来接应你们。你可以用你的'知识海洋'登录金鹰特卫官网，对我们的身份进行验证，我的代号'影子'，他的代号'狗剩'，我的工号是——"

东北口音纯正得不能再纯正，王鹏翔选择相信他们。

暴民已经冲到山脚下，点燃了芝麻收割机。

"王老师，把他们交给我们处理。""狗剩"说完，转身从地上拿起手持火箭筒，装上镇暴弹，对准暴民上方。

一颗镇暴弹拽着一道光线飞出去，在暴民群上空爆炸，发出强光和巨大响声。暴民顿时感觉眼睛失明，耳朵失聪，乱作一团。

暴民只是当地的村民，受人蛊惑，出来闹事。他们对中国人并没有多大的仇恨，为了在村民面前刷存在感，才跟着人群起哄架秧子。现在见对方有致命武器，便纷纷逃散。

危险暂时解除。

"影子"按照工作程序，查验了王鹏翔和阿婕莉娜的护照，同时指挥王鹏翔用"知识海洋"登录金鹰特卫公司官网，验证他们的身份。

通过验证，王鹏翔得知，"影子"是金鹰特卫公司东非分公司特勤组组长，35 岁，特种兵退役军人。"狗剩"是他的搭档。

“影子”向王鹏翔讲述了现在东非国内的形势。东非共和国总参谋长到安哈拉州视察，遭到当地武装刺杀，并囚禁了他的卫队。安哈拉族首领带人追杀其他民族百姓，尤其是外国人，特别是中国人。政府军正在空运特种部队到此进行平叛。

王鹏翔把 7 个非洲少年召集到一起，对他们说：“我不管你们来自哪个民族，父母信仰什么宗教。在 B05 研学班，你们只是相信科学的人，同学就是家人。你们要互相照顾，起码在你们结业之前如此。”

“明白！”7 个非洲少年异口同声地回答。

“影子”和“狗剩”带领王鹏翔等人，绕到山后的一个镇子。镇子里有一座刚刚建成的仓库，四层楼高，尚未投入使用。他们钻进去，把桌子拼到一起当作床铺，暂时休息。

王鹏翔提出自己和阿婕莉娜值守，被“影子”一口回绝。

“影子”说：“保护你们的安全，是我们的责任和义务。你们好好休息，养精蓄锐。明天我们可能遇到真正的恐怖分子，你们不休息好，将会很麻烦。”

王鹏翔知道“影子”没有跟他客套，倒头便睡。

可能有人护卫，王鹏翔睡得很踏实，他和少年们一直睡到第二天早上 7 点才醒。

“你不困吗？”王鹏翔见“影子”依然精神抖擞，毫无倦意，感觉很奇怪。

“还行吧。孩子们都休息好了吗？‘狗剩’给你们弄来早餐，你们抓紧时间吃完。”

王鹏翔觉得自己的身体素质应该是顶级的，没想到“影子”的身体素质远远超过自己，有些想不明白。如果不是处于危险境地，他真想用“知识海洋”检测他的生理指标。

王鹏翔认为，还有一种可能，“影子”知道这次任务很艰巨，出发前服用了驱眠药，或者注射了肾上腺素。

出国前，杨真告诉他，国际超人协会会派人在暗处保护宋梓馨，难道这个“影子”是国际超人协会会员？

他在高科技犯罪侦查局听龙剑讲过，有一些人选择做一种内置手术，摘掉一截臂骨，换成陶瓷部件。这种陶瓷部件，不仅强度超过正常骨骼，还能通过各种安检。在其内部置入各种药物，能做体内注射，方便快捷。

到底“影子”为何具有超出常人的能力，只能以后慢慢研究了。眼下王鹏翔的任务，就是带领他的学生，尽快脱离险境。

少年们吃完早饭，准备出发时，外面传来叫骂声。

他们爬到二楼窗口，看见一群当地人拖着一个白人女子游行。

“黛斯蒙娜老师！”卡莉尖叫道。

黛斯蒙娜挣扎着爬起来，浑身血淋淋的。

“求求你们，去救她吧，她是好人。”卡莉一头跪到“影子”面前哀求道。

“对不起，我们有严格的执行纪律。她不是我们的保护对象，请原谅我们无法满足你的要求。”“影子”脸上是职业性的冷漠。

那群人狠狠地把黛斯蒙娜踹倒在地，踏上几脚，见她不再动弹，就到路边捡石头。

“石刑！他们要对她处以石刑！”埃莱妮焦急地喊道。

“天啊，宋，你要干什么？”阿婕莉娜大喊一声，踢开窗户跳出去。

这时，他们才注意到，宋梓馨已经跑出仓库，口里连声喊着“黛斯蒙娜”。显然，她想把那群人的注意力转移到自己身上。

“狗剩”把手伸向腰间。“嗵，嗵，嗵”，三颗催泪弹飞出窗户，落到那群人中间，顿时黄烟弥漫。

阿婕莉娜跑到宋梓馨前面，横肩撞翻其中一个黑人大汉。

仓库里的少年们实在没想到，每天像母鸡保护幼雏一般守护他们，甚至还有些啰唆的阿婕莉娜，竟然如此勇敢。

一个壮汉手举砍刀，猛劈阿婕莉娜的头。

“影子”如飓风一般掠过，带走了那把刀。他手提一把短刀，冲向另外两个壮汉。刀锋闪过，一条小腿摔到地上“汩汩”淌血。

第三个壮汉举起AK-47突击步枪，刚想对准“影子”，地上那条小腿便飞过去，正中他的面门。

“影子”随后冲到第三个壮汉身前，右手抓住枪柄，沉肩发力。第三个壮汉一屁股坐到地上，大口吐血。

第四个壮汉把手里的石头砸向“影子”。

“影子”横刀，石头一分为二。

王鹏翔也冲出来。他知道“影子”能对付那群人，就抱起黛斯蒙娜，招呼阿婕莉娜往回跑。

他们跑回仓库，少年们已经拼好桌子。王鹏翔把受伤的黛斯蒙娜放到桌上，进行急救。

那群人纷纷逃散后，一脸淡定的“影子”返回来。

“这是什么东西？”王鹏翔指着“影子”手里像刀不是刀的武器问。那东西纯白色，像塑料，毫不锋利。

“陶瓷武器。”“影子”淡淡地说。

直升机的轰鸣声传来，整座仓库都跟着震颤。

“附近有政府军吗？”王鹏翔问“影子”。

“影子”面无表情：“叛军，当地的安保部队。”

他把3个大一些的东非少年叫过来：“你们谁会打枪？”

纳夫科特和伊斯梅尔举起手。他们经历过战乱，从小和家人一起保卫家园，参加过实战。

“影子”走出仓库，带回一支AK-47突击步枪，扔给纳夫科特：“抱歉，玩这种游戏，参加过实战的男士优先。小伙子，保护好你的老师和同学，但是，你不能主动向他们开枪。

有人冲进来，你再射杀他们。”

王鹏翔走到“影子”面前，刚想说自己是警察，却被“影子”拦住：“你是中国警察，在东非没有执法权，更不能在这里开枪。你带领学生远离窗口，最好趴在仓库中间的位置。”

“影子”把“狗剩”叫过来，耳语几句。

“狗剩”提着那个万能的榴弹发射器，跑到街对面，消失在另一幢小楼里。

“王老师，你是我们的客户，保护客户安全是我们的职责，外面的事儿就交给我们吧。”“影子”说完，顺着楼梯跑到仓库顶部。

“他们能搞定吗？”阿婕莉娜紧张地问。

“应该可以。咱们的任务，是保护学生不出意外。”王鹏翔叮嘱道。

几分钟后，3 辆军用吉普车驶入镇子，一架直升机盘旋在车队上空。

安保部队类似民兵，不可能配备武装直升机。他们抢夺了一架森林防火直升机，两名安保队员坐在上面，端着 AK–47 突击步枪，一左一右监视着地面。

车队在仓库附近停下，格布雷和武装分子跳下车。

格布雷喊叫道：“兄弟们，那群中国人就在附近，找到他们，通通击毙！”

宋梓馨吓得脸色惨白，后悔刚才自己的冲动之举。

“影子”从隐蔽处现身，用弓箭向直升机射出一枚磁雷，吸附在机身上，随后用遥控器激发磁雷引信。

一声惊天动地的爆炸声过后，直升机变成一个大火球。

磁雷就是温压弹，爆炸威力相当于 2 公斤 TNT 炸药。

“狗剩”在对面楼里也发射出火箭弹，不过不是普通火箭弹，也属于温压弹，在吉普车上爆炸。

“轰，轰，轰”，巨响之后，3 辆吉普车也变成大火球。

跳车逃命的安保队员，被“影子”射出的弩箭射中。弩箭的箭尖涂有神经类毒剂，见血后，中箭人就会瘫痪。

一个加强排的安保队，被“影子”和“狗剩”轻松搞定。

“影子”确认街上没有安保队员和暴民之后，才通知王鹏翔带领少年们走出仓库。

“狗剩”找来一辆皮卡，停在他们面前。

“弄出这么大动静，你们回去怎么向领导解释？”王鹏翔低声问“影子”。

“影子”耸耸肩：“金鹰特卫公司执行手册第 9 条，我们为了保证客户的安全，可以不择手段。”

他说完，让“狗剩”下车，让宋梓馨坐到主驾后面，他负责开车，其他人坐到车厢里。

“狗剩”坐在副驾驶位置上，端着那个改装的榴弹发射器，警惕地注视着前后左右。

纳夫科特端着 AK–47 突击步枪，坐在车厢最后，监视车后。

“小家伙，我知道你很聪明，但你的聪明超出了我的想象。”“影子”扭头对宋梓馨说。

“叔叔也很厉害。”宋梓馨讨好“影子”。

“进入亚当城之前，我不会再让你离开我的视线之内。”“影子”说，“我为了保护你，撇家舍业地到金鹰特卫东非分公司打工，我容易吗？嘿嘿，你不领情也就算了，咋还利用我呢？”

如果宋梓馨不跑出仓库，他就不会对那些暴民痛下杀手。

“叔叔，改造身体时，你不害怕吗？”宋梓馨突然转换话题。

“影子”微微一笑：“既然选择做科学卫士，就得接受科学赋予的力量。”

“科学卫士？”宋梓馨一脸蒙圈状。

“没错。你就是科学的未来，我就得保护你。”

皮卡驶出100公里，在一所学校门口停下。

这所学校校长的真实身份，是东非国安局侦查员。他接到上级通知，把王鹏翔等人安顿在教室里，为受伤的人治疗。

校长已经找来两个外科医生，把一间办公室改装成手术室，为黛斯蒙娜疗伤。

黛斯蒙娜死里逃生，情绪非常低沉，嘴里默默地念叨：“这些孩子这么小就目睹杀戮，会影响他们的心理健康的！”

“他们的课程里，包含死亡体验课，没想到提前完成了，而且非常生动。”王鹏翔安慰她说，“黛斯蒙娜女士，您的某些观点我并不赞同。”

“请您直说。”

“您认为，人民有愚昧的权利。我认为，一个人确实可以选择无知，但无知不能与知识平等。”

“你们中国老师这样教你的？”

“这是美国科幻作家阿西莫夫的原话。”（注释七）。

王鹏翔从警以后，见过有人为财富而战，有人为复仇而战，有人为权力而战，甚至有人为了作战而作战。

他本来是警察，却甘愿成为孩子王，自己为何而战呢？为和平而战？这个口号他听过很多次，难以说服自己。

现在，他意识到，为了和平，有时候就必须诉诸暴力。如果东非境内的叛乱分子得逞，这个国家善良的百姓，可能就会遭到屠戮，现代化进程也会随之中断，百姓重新陷入贫困和饥荒境地。然后，有些人为了获得填饱肚子的食物，再次进行杀戮。

这是恶性循环。

阻止这种恶性循环，必须依靠科技的力量，让所有人过上富足的生活。因为，贫穷才是万恶之源。

王鹏翔微微一笑，走到“影子”和“狗剩”面前，一记刺拳砸向“影子”的脸。

“影子”仅靠肌肉记忆，挡开他的拳头。

王鹏翔顿时感到小臂火辣辣地疼痛。

他领教过戴里克的手段，不过他改装自己之前是文质彬彬的学者。“影子”是特种部队的退役军人，更容易适应人体改造。

王鹏翔抚摸着“影子”的胳膊，低声问：“纳米绞合肌肉，还是陶瓷人造骨骼？”

“影子”竖起食指，做出噤声的手势，然后指着宋梓馨说：“作为导师，你要为她负责。她人小鬼大，我们不一定每次都能出现在应该出现的地方。”

第二天，周捷派来两辆商务车和一辆救护车，接上王鹏翔等人，把黛斯蒙娜送到 GC-ML 基金会。

已经得到救治的黛斯蒙娜，精神状态已经好转，向王鹏翔表示感谢后，问道：“在中国，科学家会当做战士训练吗？”

“如果国家需要，所有中国人都会成为战士！”王鹏翔笑答。

他们辗转返回亚当城，进入垂直农场时，宋梓馨一眼看到站在大门口的杨真。

“妈妈！”宋梓馨冲下车，扑到杨真的怀里，无比激动地抱紧杨真，迟迟不愿松手。

第九章

终 极 自 由

“梓馨，你先到医务室接受检查，我和王鹏翔说点事儿。”杨真抚摸着宋梓馨的肩膀，让她的心情平复下来，然后请垂直农场的医护人员带领少年们去体检。

她把王鹏翔和阿婕莉娜叫到一边，询问：“在镇子上的仓库里，宋梓馨突然跑出去救人，是一时冲动吗？”

王鹏翔说：“肯定不是。金鹰特卫公司的人说，他们只保护我们，没有义务保护当地人。她把自己置于险境，金鹰特卫公司的人就无法袖手旁观了。”

杨真点点头：“真是人小鬼大。”

王鹏翔介绍完他们经历的险情后，又问“科学种子工程”

项目组的应急方案。杨真代表高科技犯罪侦查局到东非处理紧急事务，肯定和他们沟通过。

杨真告诉他，许彦波建议他们马上回国，远离动乱中心。

“局领导的意见呢？”

“局领导建议宋梓馨必须回国。”

动乱中，殃及在东非的几十万中国人，中国驻东非各个机构为此四处奔走。高科技犯罪侦查局没有保护海外公民的任务，因此他们只负责宋梓馨的安全。

“杨处，为了保护她，‘影子’等人可是大开杀戒啊！”王鹏翔感叹。

杨真有些感动，戴里克没有撒谎，走遍天涯海角，国际超人协会会员都会保护宋梓馨。但是，她还得公事公办，在结案报告中必须注明，国际超人协会疑似拥有秘密武装力量。

王鹏翔又问：“许彦波要求 B05 研学班的学生全部撤回国内吗？”

杨真来得匆忙，没有和许彦波沟通，只好让王鹏翔和许彦波联系。

阿婕莉娜认为，在 B05 研学班的学生没有完成研学任务时，这群少年不应该回国，毕竟这也是难得的研学经历。她握住王鹏翔的手说：“如果许彦波想让你带两个孩子回国，早就通知你了。他没有通知你，就是希望我们继续完成研学任务。我留在这里，带领孩子们完成研学任务；你回国，在网上辅导他们。”

王鹏翔抚摸着阿婕莉娜的头：“你觉得我能自己离开吗？”

“好吧，你们先商量，我去看看孩子。”杨真说完，转身离去。

得知少年们回到垂直农场，周捷跑过来，拉着周宏伟查看半天，发现他身上只有几处皮外伤才放心。

他和王鹏翔寒暄几句，又去处理其他紧急事务。

动乱中，一股暴民受埃斯金德蛊惑，袭击了国家苔麸实验场和画眉草示范田。他们这么做的理由，不是认为改良后的苔麸导致周围田地绝收，就是认为食用画眉草的牛羊肉致癌。

HE集团东非分公司在两个项目中都有投入，一些技术人员在动乱中受伤。周捷担心垂直农场会受到冲击，敦请工业园区加强安保措施。东非政府派荷枪实弹的士兵进驻园区，全天候保护中方人员的安全。

深夜，周捷才返回垂直农场。路过研学班宿舍，看到毫无睡意的王鹏翔站在楼门口，便请他到“齐民斋”小坐。他们边喝咖啡，边诉说自己心里的感受。

周捷到东非多年，了解东非境内各民族、各教派的矛盾所在：“哪里都有不可调和的历史遗留问题，可是，当局官员选择和平解决还是暴力改变才是关键。靠煽动狭隘的民族主义情绪获得权力的人，只能是以公谋私的投机分子！”

姜还是老的辣，周捷一句话，让王鹏翔不再纠结。如果少年们谈论起当下的动乱，他知道如何应对了：“放心吧，周总。他们这一代人已经成长起来了，那些投机的政客不会得逞的。”

尽管埃斯金德的竞选团队卖力蛊惑，也只在某些地方出现动乱。

在亚当城，“黑色工程师运动”组织召集上万名大中学生，穿上统一服装，排着整齐的队伍，分别占领所有学校的出入口，以及亚当城主要地标建筑，不给埃斯金德的竞选团队留下任何煽动群众的空间。

很多“黑色工程师运动”组织成员把身份证别在胸前，让百姓看清他们来自哪个民族。这些未来的国家栋梁之材高喊着各种口号：

“我们都是东非人！”

“东非要进步，不要倒退！”

“消灭所有恐怖分子！”

他们还把各种标语贴满大街小巷，出现频率最高的标语居然是“科学进步主义”。这也是埃斯金德在歌剧里给大反派马其设计的口号。

“你们知道这句话的来历吗？”一名外国记者问游行学生。

“当然知道。‘科学’不是敌人，盗用它的人才是。”

“埃斯金德已经老了，东非年轻人不欢迎他！”

“黑色工程师运动”发起时间虽然只有几个月，但是发展迅猛，现在已经不仅是大学生组织，大批在职工程师也纷纷加入其中。在东非这个新生的工业国度，他们控制了铁路、电力和通信网络。

这些年轻工程师不再沉默，纷纷站出来谴责暴民。

“国家不需要他们！”

“我们才是东非的未来！”

“除了国家繁荣，一切都是谎言！”

亚当城发生了暴力事件，让基夫莱尔连续几天都没有睡好觉，直到他再也撑不住的时候。一觉醒来后，他发现曾经无比担心的事情，一夜之间发生了改变。

“黑色工程师运动”组织成员不仅占据了亚当城，还控制了网络。他们是东非高知群体，都能熟练使用英文。他们在全球各大知名网站上，号召同胞团结起来，抵制埃斯金德领导的分裂势力。

任何支持埃斯金德的帖子，都会遭到大量网民谴责。

最重要的是，几代东非人深受战争之苦，他们渴望和平，反感暴力。埃斯金德预期中的全国百姓全面抗议当局政府的活动根本没有发生，只出现了一批地痞流氓借机打砸抢。

偏远小镇发生暴民袭击 B05 研学班师生事件后，国家陆军部立即派出部队，到那里武装平叛，抓捕28名、打死打伤19名暴民。经审讯得知，那些暴民的主要目的是想抓住中国人作人质，向中国政府或者企业索要高额赎金。至于谁上台执政，他们根本不关心。

基夫莱尔暗自庆幸，金鹰特卫公司的人及时出手，阻止了暴民自私且愚蠢的行为。如果让他们得手，中国对东非的援助极有可能搁浅，东非的现代化进程可能耽误十几年，甚至几十年。

待亚当城稳定之后，基夫莱尔赶到小镇。镇子里的居民全部逃离，商铺、酒店、超市被抢劫一空，大街上一片狼藉，到处是烧毁的汽车、霉变的尸体、坍塌的房屋，俨然经过战争一般混乱。

“这就是埃斯金德想要的东非！”基夫莱尔指着废墟和尸体对媒体记者说，“你们把这里都拍下来，如实报道，让那些糊涂的国民看看埃斯金德的真实面目！”

宋梓馨接受全面检查后，确定无伤无病。

杨真放心了，俯下身子，轻轻地捏着她的脸颊。

“妈妈！”宋梓馨扑到杨真的怀里，“你知道许叔叔怎么安排B05研学班吗？”

“我们局领导建议你和阿力赤马上回国。王老师跟许叔叔联系呢，他会告诉你们结果的。”

“其实亚当城没有他们想象的那么乱。”宋梓馨冷静地说。

“但这里毕竟不是国内，很多事情我们无法掌控。”

宋梓馨咬着嘴唇，低头思考许久后，说道：“妈妈，许老师说过，科学的祖国在南极和北极之间，所以，这里的同学都是我的同胞。在这种动乱时刻，我不能抛下他们。泽梅德内叔叔为了保护我们已经牺牲了，如果我只考虑自己的安危返回国内，肯定不合适的。”

杨真盯着宋梓馨的眼睛，从她的眼神中看到一种倔强和真诚，缓声问道：“可是——你留在这里又能做什么呢？是不是还需要更多的人保护你呢？”

“我——”宋梓馨一时语塞。

动乱时期，她作为中国人，除了用苍白的言语安慰同学，还能做什么呢？她无力反驳杨真的说法。

王鹏翔走过来，指着自己的手机对杨真说：“东非国安部的领导基夫莱尔找你。”

“找我？”杨真有些诧异。

“对。他知道你的真实身份，有事情要和你商量。”

一小时后，基夫莱尔把杨真带到总统办公室。

卡尔比去医院看望受伤百姓，刚刚返回，眼睛布满血丝，显然没有休息好。

卡尔比没有任何寒暄，直入正题：“我国有八十多个民族，人口最多的民族也只占总人口数量的40%。依靠什么让这个‘马赛克国家’融为一体呢？只有科学技术。因为科学技术能超越民族、种族的界限。尤其是年轻人，他们心向科学和未来，没有沉浸在血缘关系和过去的血债中无法自拔。”

听到卡尔比的肺腑之言，杨真连连点头。

“我和埃斯金德执政分歧的核心是怎样定义未来。假设东非按照他的理念走下去，必然延续过去的衰弱穷困、四分五裂的窘境，甚至重起内战，最后还是人民受苦，国家遭难。”

见杨真认可他的观点，他提出具体请求。他希望B05研学班能按原计划进行，中国师生不能撤回国内。

“我看过他们的教程，那才是真正的科学教育，我懂，我需要，我希望能在我国普及。这里的八十多个民族，各有各的过去。只有科学才是八十多个民族的未来，才是把他们凝聚在一起的熔炉。7个东非少年，是科学的种子，我要靠他们让科学的星星之火成为燎原之势。只要B05研学班的中国师生不离开亚当城，我以一国之力，保证他们的人身安全。”

杨真没有立即承诺。她告诉卡尔比，她要和中国驻东非大使馆大使商量以后才能决定。

杨真赶到中国驻东非大使馆，与大使单独会谈。

大使告诉她，去年卡尔比临时接替辞职的前任总统。他上台后与邻国签订停战协议，释放国内大量政治犯，被国民视为“东非曼德拉”。这次动乱的主力，就是被他释放的民族分裂分子，让他在舆论上承受巨大压力。

大使说：“从朋友角度讲，我们应该帮助他渡过难关。和那些投资巨大的项目相比，B05 研学班的投入简直不值一提，但是卡尔比却非常重视，我也支持 B05 研学班的中国师生留下来。不止你们，几十万中国人都不会撤退。”

杨真同意大使的建议。

动乱平息，亚当城恢复正常后，王鹏翔、阿婕莉娜把 B05 研学班的 10 个少年召集到一起，重新开课。

负责 B05 研学班的安保人员通知王鹏翔，一位家长前来拜访他，现在在会客室等候。

王鹏翔到会客室一看，来人是海亚特的父亲那加图。

那加图没有寒暄，向王鹏翔直接表达来意——让海亚特马上退学，回亚当城的普通中学就读。

王鹏翔不解：“当初您可是极力支持她加入 B05 研学班的，现在您怎么反悔了呢？”

“当时我以为到 B05 研学班学习，会更方便她到中国留学。现在我发现，你们的教育理念和我的教育理念根本不一致。”

从 B05 研学班开班到现在，那加图是第一个要求孩子退学的家长。

王鹏翔耐心地倾听那加图讲述，想知道他所说的教育理念到底是什么。

那加图愤愤地说：“我曾经以为，科学会使人获得更多的选择自由。然而，埃斯金德先生从欧洲带来更先进的教育理念，让我改变了以前错误的认知。科学是一个权威体系，接受科学，只能限制一个人更多的自由。心灵自由才是人类的最高追求。我不想让女儿成为死板、机械、教条的研究工具。你们的教学中充满物质主义，一个人一旦被物质控制，就会失去自由。”

王鹏翔问道：“您研究英美文学，一定读过《鲁滨孙漂流记》吧？”

那加图点点头。

王鹏翔和他谈论起这部小说。鲁滨孙忍受不了父亲的管束，才选择出海冒险。

鲁滨孙遭遇海难，漂流到荒岛上，再也没有人管束他。遇到“星期五”之后，他作为孤岛的主人，有吃有喝有住处，还有仆人。按理说，以孤岛上的理想条件，他安然终老没有任何问题。

然而，在绝对的自由中生活了28年后，鲁滨孙还是选择向过往船只发出求救信号。最终，一艘船把他带回那个他曾经认为绝对没有自由的地方。

王鹏翔说："其实，每个人都能理解鲁滨孙为什么会选择回家，心灵自由只是相对的，不是绝对的。一个人离开社会，就是谋求温饱的简单动物而已，这是我对这个故事的体会。地球就是一座放大了的荒岛，人类被囚禁在这里已经有 100 万年，甚至忘记了向谁求援。现在，只有科学技术才能让人类摆脱禁锢，实现真正的自由。海亚特掌握的科学知识，将会帮助人类获得终极自由。"

他们都是聪明人，通过简单的表述就知道彼此的教育理念分歧所在。他们谁都无法说服谁，只能让海亚特自己选择了。

那加图表示自己是知识分子，会尊重女儿的意见。

海亚特听完王鹏翔和那加图的陈述后，没有当即表态。这些天，她经历的一切，在脑海中一帧一帧地闪现。

她沉默几分钟后，说道："爸爸，如果我一直待在亚当城，困在课堂上，没有去过贫穷的地方，一定会接受您的观点。现在，我看到了同胞们过的是什么样的生活，知道他们更需要什么。所以，我选择留下来。"

那加图拉住海亚特的手说："海亚特，你在这里会吃用画眉草喂养的牛羊肉，会吃太空育种食品，这会严重危害你的健康。我和妈妈担心你将来患上癌症。"

海亚特说："爸爸，我们现在吃的任何食物，都不是原来的样子，而是通过人类不断改良才变成现在的样子。如果没有画眉草喂养的牛羊，我们一年都吃不上几顿肉。世界上每年死于枪下的人百万计，各国为什么还要制造杀伤力更大的武器呢？”

她说完无奈地摇着头，感觉自从进入 B05 研学班后，她和父亲越来越没有共同语言了。

王鹏翔见那加图无言以对，说道：“海亚特，父亲让你选择去留，你应该感谢他的宽容。至于食物问题，请那加图教授放心，中国人已经吃了好多年，至今也没有发生什么问题。中国有一个成语叫‘杞人忧天’，不知道您是否知道。”

那加图辩论不过王鹏翔，也说服不了海亚特，无奈悻悻离去。

在这次动乱中，东非境内共死亡 182 人。各地动乱的领导人，不是被击毙，就是被捕。

狡猾的埃斯金德躲在背后，到处煽风点火，却没有参与直接领导或者参与动乱。他的拥趸受损之后，他却丝毫不关心，认为所有人为他的理想牺牲都是应该的，甚至是幸福的。

他的冷血，引起拥趸反感，他的支持率呈断崖式下降。

“黑色工程师运动”组织，在动乱之后，得到迅猛发展。赞巴卡到处发表演说，已经成为东非人的意见领袖。

赞巴卡在演讲中，曾经有以下精彩论断：

“‘黑色工程师运动’组织曾经做过一次社会调查。让被调查者回家问父母，地球围绕太阳公转一周，需要多长时间。不用讲出 365 天 6 小时 9 分 10 秒这么精确的结果，只需他们的父母回答‘一年’或者‘365 天’就算正确。结果，87% 父母的回答是‘不知道’。这就是东非国民素质的现状。在这样的国家搞现代化，是必须的，也是必要的。”

“我在日本留学时，生态组织经常对我洗脑。他们不是讲南北两极的冰川融化，就是谈澳洲的珊瑚衰退。我听厌了，就问他们，东非的母亲平均要喂养 6 个孩子，他们对此有什么建议。那些人一脸茫然，他们从来没有考虑过这种问题。”

“同胞们，打生态牌是西方资本势力打压发展中国家的俗套把戏。那个获得诺贝尔文学奖的作家埃斯金德，20 岁就离开了贫穷的祖国。他为了获得诺贝尔文学奖，想方设法迎合西方人的价值观。在他的剧作里，东非的男人必须穿草裙，女人必须镶唇盘，永远活在贫穷落后的远古时代。如果我们拥有电气化铁路，拥有先进的科学技术，他们就认为失去了盘剥我们的机会，我们动了他们的奶酪。于是，他们就不顾事实地认为我们已经堕落了，破坏了生态。我们首先是活着，才有资格谈论怎么活着。我们除了成为非洲工业强国，摆脱西方资本势力盘剥，别无选择。因此，我们不需要像埃斯金德这样的领导人。”

从亚当城到各州首府，从大学生到工人、农民，纷纷加入“黑色工程师运动”组织。他们主动与埃斯金德的拥趸展开辩论。

于是，很多课堂、食堂、教堂都成为辩论场所，观点不同的双方，都在争抢定义未来的权利（注释七）。

杨真突然空降亚当城，主要任务并不是保护 B05 研学班师生的安全。

高科技犯罪侦查局要成立安防处，旨在保护中国在世界各地的重要科研场所。HE 集团东非分公司研发项目价值重大，在动乱中遇袭，她要到现场评估，以便制定相应的保护措施。

杨真到达亚当城之后，住进大使馆。三天后，史青峰带领 5 名助手和全套检测设备飞到东非，配合杨真对 HE 集团东非分公司的实验设施进行检查。

作为国际生物工程技术的龙头，HE 集团在两年前就报备了全部科研项目，获得高科技犯罪侦查局审批通过。高科技犯罪侦查局有义务对其后期研发工作进行监督、检查。

杨真和史青峰检查 HE 集团东非分公司的所有实验室，对其所有重要实验项目、所用材料进行评估，并和所有实验室负责人进行谈话。

开始周捷还对他们的工作给予大力支持，后来却对这种检查产生不满情绪，忍不住质问杨真：“你们是来保护我们的，还是调查我们的？”

“其实是一回事儿。我们的职责是保护中国在世界各地的科研机构，前提是必须合法合规。”杨真耐心解释道，“如果你们私下进行违禁项目研发，必然要承担后果。我们把防线前置，也是为了公司更好的发展。”

高科技犯罪侦查局成立以后，对世界各地的非法实验行为做了深入研究，知道监控难点在于实验设备的体量。如今，DNA 合成设备小到能摆在茶几上，面包车能拉着到处跑。从网上订购无菌操作台，弄一架相差显微镜，再搞几个孵育箱和离心机，放到自家车库里，就能制造生化武器。

生物实验的耗能很小，即使在东非推广“数字共和国系统”，也很难通过用电量变化发现线索。于是，最可靠的方法就是飞行临检，在不打招呼的前提下，对管控对象进行突击检查，让他们没有时间隐藏试验用品和器材。

史青峰在检查中发现，HE 集团东非分公司正在进行裸鼹鼠基因研究。裸鼹鼠的寿命是普通田鼠的 10 倍，并且从不患癌类疾病。这项研究有重大意义，但是和 HE 集团东非分公司主营的农业研究毫无关系。

“你们公司没有医药研发资质啊。”史青峰不动声色地说。

“这纯属个人爱好，私活儿，私活儿。”周捷连声说。

除了市场潜力巨大的项目，HE 集团东非分公司还涉及很多兴趣类项目。他们能在拇指大小的芯片上设置几百万条基因，或者把一本书的内容转译成基因组。

这些高科技级游戏无法逃过史青峰的法眼。

周捷有些紧张，支吾道：“我们在样品中植入一段特殊基因，但是它们必须摄入足够多的锌元素才能存活。这玩意儿一旦到实验室外面，很快就会死亡，没有任何危险。”

回到大使馆，史青峰把调查结果告诉杨真，认为 HE 集团东非分公司从事的这些实验，暂时不会有危害，但是任其发展，还是存在很大的隐患。

检查完 HE 集团东非分公司所有科研项目后，杨真送走史青峰，才有时间考虑自己的事情。

在亚当城没有彻底稳定之前，B05 研学班师生不许外出研学。现在他们的主要任务，是在垂直农场利用“知识海洋”查阅文献。

杨真每次到 HE 集团东非分公司，都会抽空看望宋梓馨。

这天，她来到宋梓馨的宿舍。

宋梓馨打开“知识海洋”，调出一个头像，问道：“妈妈，这是我外公吧？”

杨真点点头，确实是她父亲的头像。

宋梓馨拍拍身边，示意杨真靠近她。她盘腿坐在床上，对着屏幕喊道：“外公，我来了！”

“你好，梓馨！你能适应东非的气候吗？”虚拟的杨永泉表情慈祥，言语体贴。

杨永泉的粉丝并不了解他生前的事迹，在完善他的“网灵”时，便按照社会上普通知识老人的共性完善的。

“外公，我已经适应了。瞧，我妈妈也在这里。”宋梓馨闪开，让杨真出现在摄像头前。

“哦，你父母还好吧？”虚拟的杨永泉问道。

“如胶似漆的。我从来没见过他们红脸或者吵架，可能是我爸爸怕我妈妈揍吧。”宋梓馨调皮地说。

“瞎说！”杨真戳了一下宋梓馨的额头。

她忽然意识到，宋梓馨已经把“网灵”当作真人了。

“妈妈非常关心我、呵护我。她现在很牛的，已经是知识型大官僚了。”

“太好了，她现在研究哪个学科？”虚拟的杨永泉问。

“妈妈在研究如何防范坏人利用高科技作案，包括如何保护科研成果免遭坏人破坏。”宋梓馨得意地说。

“很好啊，科研成果需要她这样的人保护。”虚拟的杨永泉说。

见宋梓馨和虚拟的杨永泉聊得火热，杨真产生了与虚拟的杨永泉说话的冲动。

她对着屏幕问道：“爸爸，当年您为什么决定搞科研？”

“世界那么大，我懂得太少，所以我要不停地学习和探索。只有科研工作才能满足我的好奇心。”虚拟的杨永泉自豪地说。

这是杨永泉的“网灵”创建者虚构的性格，还是父亲本来就如此呢？杨真有点儿蒙，于是问道：“您一辈子搞研究，最后收获了什么呢？”

“知道自己掌握的知识太少了。我掌握的知识和宇宙万物的信息相比，也就是沧海一粟。”

不，不，他绝对不是自己的父亲！

杨真想起杨永泉生前对一件事情一直耿耿于怀，于是问道：“您搞一辈子科研，结果还只是个副教授，难道您不觉得悲哀吗？”

“当然不会，我的世界用天文单位衡量。一个人为设置的职称、一个只和待遇有关的学术头衔，怎么能和宇宙空间相比呢？”

杨真忽然笑了。父亲在世时，总是不停地给她灌输这个灌输那个，却不允许她反问原因。每次杨真产生疑问，他就非常不耐烦，呵斥道，“这个问题你都不懂？这个问题我不是给你讲过了吗？自己看书去”。

好在杨真内心强大，才没有被粗暴的父亲扼杀她对科研的兴趣。

“妈妈，您笑什么？”宋梓馨觉得杨真笑得莫名其妙。

“他现在非常有耐心地回答我的任何问题了。梓馨，你知道吗？他在世时，这种事情从来没有发生过。”

真人性格的狭隘和偏执，在虚拟的“网灵”身上全部消失了，如果他真是生前的父亲该有多好。

在杨真的记忆里，父亲从未离去，却又无法感知。

直到宋梓馨递过来纸巾，杨真才发现自己已经泪流满面。

杨真回国后，东非政府的武装保安便进驻 HE 集团东非分公司。

非常时期，B05 研学班的少年们暂停外出研学。7 个非洲少年有了自己的想法。动乱像是一场人生洗礼，让他们迅速长大。不，他们不想等到将来，现在就想以实际行动支持“黑色工程师运动”组织。

B05 研学班的教学大纲规定，1/3 的研学课程由学生设计。他们想模仿 A01 研学班的少年录制一套系列视频节目，向社会表明自己的态度。可是，录什么内容合适呢？

贾比尔提出录制一个辟谣节目，阐述画眉草和太空育种都是无害的。其他人觉得这样的节目容易遭到网民攻击，会被动机不良者利用。

纳夫科特建议录制讽刺埃斯金德的喜剧。作为获得诺贝尔文学奖的作家，他竟然在公开场合不断暴露自己对科技的无知。把那些视频剪辑在一起，编辑成埃斯金德笑话集。其他少年却认为，东非大部分人文化水平低，更不懂科学知识，必然听不出埃斯金德那些言语中存在什么问题。这种视频，等于鸡同鸭讲，挨累不讨好。

埃莱妮提议，去采访“黑色工程师运动”组织成员，每个成员录制一集。其他人觉得这样太直接，没有任何说服力。

这时，阿德里安带领一群欧洲少年来到东非共和国。埃斯金德需要暂避风头，就请求阿德里安替他出头。

挟“ER 战斗团”这张王牌，阿德里安立刻成为亚当城媒体宠儿。一些欧美国家媒体的记者，知道他来到东非的目的，自然也不会放过抹黑东非政府的机会。

第一场新闻发布会上，阿德里安向记者展示了一组照片。其中有各国在疫情严重期间卫星拍摄的照片。由于封城，居民无事不出门，城市中污染物减少。在某些地方，松鼠出现在马路上，成群的飞鸟在城市广场栖息，黑天鹅在河道里嬉戏，确实是城市里难得一见的奇观。

“只要人类安静下来，大自然与人类的和谐程度立刻升级。看看这些照片，人与自然是多么和谐啊。这种和谐现象出现，人类付出了什么代价呢？死了很多人？饥荒？战乱？一切都没有！只要我们在家里安静地待一段时间，大自然就能恢复本属于她的生机。

“既然如此，我们为什么不继续和家人待在一起呢？人类真需要复工复产吗？真需要去餐厅吃垃圾食品吗？真需要去美容院注射美容针吗？或者继续在高校里，学习征服自然的那种邪术？不，不，短短几个月的居家生活，让很多人意识到，我们的生活其实很简单，根本不需要高科技，更不需要所谓的GDP。”

阿德里安声嘶力竭的演讲，博得观众阵阵掌声。

第二天，阿德里安在前呼后拥之下，来到工业园里刚刚落成的皮具厂门口。

这是中国企业在东非投资的生产规模最大的皮革厂。每天工间休息时，领班带领员工高唱《团结就是力量》，成为工业园区的一道风景线。

阿德里安一伙人虽然没有携带枪支，却携带各种型号的摄像机，要对这里进行选择性拍摄，然后再进行选择性剪辑，以此证明他们的一贯正确。

皮革厂的保安和员工站在门口，组成人墙，紧张地盯着这伙人。

阿德里安爬到宣传车车顶上，又开始自编自演：“你们是否知道，这座工厂如果满功率生产，一天要消耗多少张牛皮？30000张！每天需要屠杀30000头人类最忠实的朋友！每年要屠宰一亿头人类忠实的朋友！它们用生命养活了工厂的老板，用鲜血赚取外汇，满足他们深不见底的欲望之坑……”

阿德里安讲得唾液横飞之时，远处传来嘈杂的叫骂声。

这家皮革厂与当地70000家养殖户签订养殖合同。那些养殖户听说有人不远万里来砸他们的饭碗，便自发组织起来。

阿德里安见有人要和他们玩命，顿作鸟兽散。

皮革厂离垂直农场不远，王鹏翔为了少年们的安全，禁止他们出门，在“知识海洋”上看网络直播。

7个非洲少年看着看着，变得怒不可遏。

“一个不愁吃穿的白人，凭什么到我们这里散布这种谣言？”

“他先说服他的同胞不吃牛排吧。”

“这个小屁孩儿说过，未来是他的时代，不允许这种事情发生。事实上，未来也是我们的时代，我们决不允许这样的事情发生！”

连日来出现的各种信息，在王鹏翔脑海里像拼图一样拼成完整图案。报道结束后，他召集少年们开会，讨论如何制作“反击反智、反科学”的视频节目。

王鹏翔说：“他们包装出一个‘世界生态少年’，我们就弄一个‘世界科学少女’。不用辟谣，也不用具体批判哪个人，我们只是展示东非积极向上的一面。”

4个女孩当中，海亚特气质和外形俱佳，少年们一致推举她担任主讲人。

少年们开始收集东非境内近三年内上马的重大项目工程，筛选出一些拍摄主题。

这些重大项目工程遍布东非各地，如果到现场拍摄，势必违反他们与卡尔比总统的约定。

王鹏翔把他的构想告诉基夫莱尔，通过他做工作，获得了卡尔比总统支持。

为了确保录制质量和少年们的安全，不管他们走到哪里，安保人员都要对他们进行贴身保卫。

用什么拍摄视频呢？“知识海洋”可以拍摄，像素也够，但是拍出来的视频文件达不到专业级别的效果。视频剪辑完成后，在什么平台上播放也是问题。当地有500万互联网用户，也有一些网络媒体，不过大多数网民都支持埃斯金德。

王鹏翔向许彦波寻求帮助。

于是，嘉娜远渡重洋，来到亚当城，和B05研学班少年们会合。她带来专业拍摄设备，包括一架无人机。

见到海亚特，嘉娜用导演的目光打量她：“天啊，真是魔鬼身材，怪不得你们国家总出现世界小姐。”

虽然她对海亚特的身材、气质很满意，但每天还是花一个小时帮助海亚特做形体训练。

3个少年带海亚特去亚当城内的时装店订购电子时装。用计算机控制的“科技裁缝”，得到客户身体各个部位的数据后，就能制作出各种款式的服装设计图，顾客挑选后再进行缝制。

这种私人定制的服装，价格肯定高。王鹏翔却认为这种投资是非常有必要的。钱，就应该花在刀刃上。

“穿衣服，性感一点儿没关系，你就是环球小姐的坯子！”嘉娜帮助海亚特选择服装的款式。

“咦，你咋知道什么衣服穿上性感呢？”宋梓馨故作糊涂。

“去，去！大人的事，小屁孩儿别掺和。”嘉娜作势要踢，宋梓馨笑着跑开。

海亚特接受主持训练的同时，其他少年已经选好素材，写好脚本。为了适应短视频的要求，每期时长不超过 3 分钟。安哈拉语、英语和汉语 3 种版本，全由海亚特负责配音。

韩津的绿色乌托邦里终于爆发危机。

麦收时节，“生活 1900 生态园”中有 3/4 的土地绝收，园子里的志愿者不得不靠买粮度日。为了避免与他们憎恨的食品公司打交道，他们只向附近农户购买粮食。

即便一天只吃两顿稀饭，韩津也不忘给他的拥趸打气：“退一步是为了进两步。我们在城市里长大，还不熟悉传统农业的种植方法。只要我们真正掌握了这种古老的种植技术，就一定会走向胜利的！”

“生活 1900 生态园”中，尽管不断有志愿者因为无法忍受饥饿逃离，韩津在海外的名气却越来越大，一些奇怪的组织还在经济上给予他援助，请他做各种活动的嘉宾，宣讲他打造“生活 1900 生态园”的经验。当然，对于“生活 1900

生态园”里食不果腹的现状，他一个字都不会透露的。

每次回到“生活 1900 生态园”，他都会把海外的见闻添油加醋地讲给志愿者。

“欧美国家更富裕，那里的同道也比我们更决绝。他们宁可捡垃圾，也不消费工业产品。”

“在东非共和国，我见证了更纯粹的生活。那种日子他们能过，我们也能过。”

人为地破坏卫生条件，天天喝稀粥导致志愿者营养不良，瘟疫便乘机而来。一周内，“生活 1900 生态园”里连续出现 3 个肺结核患者，其中就包括“深海鱼”。

按照“生活 1900 生态园”的管理制度，他们不能去医院医治。“深海鱼”偷偷地和父母通电话，无意中谈及此事。消息传出去，惊动了防疫部门。

防疫部门的负责人派检查组进入“生活 1900 生态园”检查。如果疫情严重，不排除封闭整个园区。

韩津无法阻止，便事先自行筛查，把身体不舒服的志愿者召集到一起，给他们发点儿钱，让他们出去找地方躲几天。

“不论在什么情况下，都不能去医院，更不能吃药，要相信我们自身强大的免疫力！”他反复强调。

马晓寒离开“生活 1900 生态园”后，出现低烧症状。她感觉自己已经被传染，立刻向高科技犯罪侦查局汇报了自己的情况。

3 个小时后，一辆救护车出现在她身边。

这种救护车，车窗颜色可以调节，变成单向玻璃。座位可以随意折合，释放出作业空间。

马晓寒刚钻进车厢，戴口罩的张语桐赶紧捂住鼻子。

“矫情，我知道自己身上的味道很难闻，但你不能捂鼻子。”马晓寒故意往张语桐身上蹭。

“生活 1900 生态园”里不允许志愿者使用任何日化产品，志愿者只能用一种用草药熬成的药膏洗头，自然会有一股腐烂的青草味儿。

“我给你检查一下。”杨真见马晓寒又黑又瘦，很心疼。她拿出快检仪，给马晓寒做检测。

还好，马晓寒没有被传染。

杨真给马晓寒注射了一剂抗生剂。

注射完毕，马晓寒体温降下来。情绪稳定后，她想到自己每天不得不和那些近乎神经病患者的人说假话，感觉自己太委屈了。承受多日的巨大压力，此刻找到了宣泄的出口。她大哭道：“邪教，就是伪装的邪教！”

杨真把马晓寒搂在怀里，让她哭个痛快。

能和同事在一起，能和正常人在一起，马晓寒像遭受天大委屈的孩子，哭了好半天才停止。

“进入‘生活 1900 生态园’后，我就开始寻找他们到底是坏还是蠢的答案。现在我能确定，他们就是单纯的蠢，蠢得真诚，蠢得深刻，蠢得惊天地、泣鬼神。杨处，咱们快点儿收网吧，我再待下去会疯掉的。”

杨真心疼马晓寒，但是心疼归心疼，关心归关心，现在还不是让她归队的时候。相反，杨真还拿出摄影、录音和传输器等侦查器材，交给马晓寒。

“生活 1900 生态园”里禁止使用电子设备，这些器材只能伪装成吊坠或者手链。表面材料不是核桃壳、葫芦壳，就是竹片，乍看上去都是纯天然手工制品。

杨真叮嘱马晓寒：“就像你刚才说的那样，他们还没有打出邪教旗号。只靠他们的疯言疯语，咱们还不能定他们的罪。你这次回去，必须想办法找到他们犯罪的证据。”

第十章

誓为斗犬

两个月后，东非网讯网上出现一套新颖的短视频节目《硅之高原》。

东非共和国平均海拔 3000 米，号称非洲屋脊。“硅”，代表高科技。

节目主持人是明眸皓齿、长发披肩、集黑白人种优点于一身的海亚特。嘉娜亲自掌镜，从各种角度突出她的貌美腿长，让网友以为她应该有 20 岁。

第一集，海亚特向观众介绍本国纸币：“这张是 10 比尔，你们瞧，图案是一个东非农民驾驶拖拉机耕地；这张是 50 比尔，图案是一群东非学生在研究数学题；这是我国最大面额的纸币 100 比尔。瞧，图案是一名青年科学家正在观看显微镜。是的，东非有咖啡、古堡和三千年的文明发展史，是科技再推动我们一直向前。”

第二集，海亚特来到亚当城市中心一座只有两层楼高的古建筑门口。它已经经历百年风雨，门口竖立着一个人的雕像。

“这是我国历史上的马提尼克国王。各国军迷应该对他很熟悉，因为他带领黑人打败欧洲殖民者，取得 19 世纪非洲人对欧洲人的唯一胜绩。今天我要介绍他的另一面。这里是他出资建立的中学，也是东非历史上第一所现代化学校。现在这所学校已经辟为纪念馆。”画面一转，海亚特出现在一间教室里，“马提尼克国王亲自挑选出我国第一批留学生。他曾经站在这里，对那些留学生发表送别讲话，希望他们学成归国，带领东非人民走向现代化。”

第三集，海亚特来到野外，身系保险绳，爬上施工中的输电塔。镜头远端，中国工人正在另一座输电塔上吊装电线。

嘉娜操作无人机，飞到海亚特头顶进行高空拍摄。

“我身边就是特高压输电线。通电后，电压将达到 115 万伏，能把电力送到 2000 公里外，进入其他国家，为我们赚取外汇。这是非洲第一条特高压输电线。这么高的电压，苏联和日本在 20 世纪 80 年代修建过，因为技术问题，后来改为降压输送。中国攻克技术难关后，把技术无偿转让给我们，我们将成为世界上第二个拥有特高压输电线的国家。”

第四集，海亚特置身黑漆漆的房间，面前只有烛光。她拿着小剪刀，轻柔地剪去烛芯。

“在我国，孩子从小就会剪烛芯。剪少了烛光不亮，剪多了会把烛芯剪断。我出生时，整个东非只有6%的居民能用上电。不过，我们的下一代将会忘记这种技能了。”镜头推到窗前，下面是宏伟的水电大坝工地，工人们正在挑灯夜战。这是复兴大坝三期工程，全面投产后，东非将成为非洲水电大国。

第五集，海亚特穿过茂密的森林，来到海拔3200米的卫星测控站。两个月前，中国帮助东非发射了第一颗遥感卫星，用于资源勘测和农业监控。几十名年轻人为此远赴中国接受技术培训。现在，他们已经成为东非第一代航天专家。

海亚特穿行测控站之中，介绍里面的情况。在她周围，中国专家和东非专家正在工作，路过她身边的人，都友好地面对镜头打招呼。

第六集，海亚特来到阿尔达姆风电园，站在几十层楼高的风电发电机组旁边。画面里，远近共有上百台发电机组，构成非洲最大的风力发电厂。它由中国风电集团承建。

“新能源？是的，东非也没有缺席。我国油气资源少，绿色能源才是我们的未来。”

第七集，海亚特站在一个巨大的机械搅拌通风发酵罐旁。这是啤酒厂里常见的装备。她背后停着一辆中国产的轿车。

“这是啤酒发酵罐吗？不，这是酿造柴油的反应罐。它以杂草和农作物秸秆为原料，加入基因工程改造的细菌。瞧，我身后这辆轿车使用的就是酿造的柴油。”

画面中出现一排巨型金属罐。

“没有钻井平台，不用担心泄漏后产生污染。全球最大的生物燃料制造厂就在我身后。是的，它就在我们的国家。”

第八集，海亚特一身盛装走在地毯上。这是索马里民族风格地毯。她走了几步坐下来抚摸它。

“普通地毯都采用添加尼龙的混纺材料。这种地毯使用的是 POD 产品，一种由细菌合成的生物纤维。生产耗能比尼龙地毯低 30%，碳排放量低 63%。怎么样？这才是真正的绿色产品。当然，这也是我国生产的。”

第九集，海亚特端着一个玻璃盏出现在画面中。玻璃盏里有很多乌黑发亮、形似珍珠的东西。海亚特往玻璃盏里倒入牛奶，用勺子舀起来，津津有味地吃着，还露出陶醉的表情。

“蓝藻，多亏有了它，大气层下面才有足够供人类呼吸的氧气。它还是丰富的蛋白质，通过基因编辑的蓝藻，味道也很鲜美。”

下一个画面，海亚特来到 HE 集团东非分公司的蓝藻实验池。它建在野外荒地上，周围没有人烟。

“蓝藻号称生物先锋，荒漠、海滩、石缝和盐碱地里都能生长。养殖耗能只是畜牧业的1/15！养殖过程中，既不释放温室气体，也不使用抗生素。如果普及蓝藻养殖，全球1/4的农田可以还给大自然。”

后面几集都是HE集团东非分公司的实验生产项目。至于蓝藻，则是阿力赤参与设计的比赛项目。东非政府向来承接落后产能，只有HE集团把最先进的科学技术投放到东非。

东非网讯分公司负责《硅之高原》视频推送。尚磊调集精兵强将进行引流。视频上传到第五集后，全球点击量就超过千万。上传第十集，点击量超过两个亿。

如王鹏翔预料那样，海亚特完美的形象给她介绍的那些超级工程加了很多分。看到这些视频前，几乎没有人会把一个黑人女孩与高科技工程联系起来。

东非共和国的科技水平虽然落后，但也有艺术家拍纪录片。不过这些纪录片都是埃斯金德和那加图利用外资运作的。他们拍出来的纪录片不是哭穷卖惨，就是展示民族落后的一面。他们的拍摄动机，无非是想诱导西方民众对东非共和国形成偏见，以致方便西方利益集团随时舞动制裁大棒。

这些选择性拍摄的纪录片和《硅之高原》相比，高下立判。15岁的海亚特很快成为东非网红，每日都能获得巨大流量。中国、欧美国家、东非的文化公司纷纷想和她签约。精明的投资人开始调查她背后的团队，想看看是谁策划出这档高流量的节目。这样一来，弄得王鹏翔都不知道如何应对。

第二十集，海亚特要在镜头面前喝下一小瓶 DDT，以此鼓励民众不要畏惧陌生的科技产品。要不要这么拍，B05 研学班的少年们争论很久。王鹏翔从导师角度表示反对，最后因为少年们一再坚持，才得以拍摄。

这集视频上传后，全球有一亿观众认识了海亚特。B05 研学班少年兴奋不已。

然而，“世界科学少女”海亚特，还要迎击同等量级别的“世界生态少年”阿德里安。

接到一家知名网站发来的辩论邀请，王鹏翔一点儿都不感到意外。

阿德里安的团队需要曝光度，与超级网红海亚特碰撞，无论胜败，对阿德里安来说，都能获利不菲。

然而，拍摄视频节目，少年们有充分的时间收集资料、策划讨论。如有纰漏，后期制作时还可以弥补。辩论要有当场随机应变的能力，一句话说错，就可能造成无法弥补的损失。能言善辩的阿德里安，出道后在多个节目中击败过很多成年人，诡辩能力非同小可。

“别担心，他认为科学教育就是洗脑，两年内拒绝接触任何科学知识，只靠诡辩蛊惑人，根本赢不了你们。”王鹏翔鼓励少年们，“知识量是他的短板。你们针对他的短板准备，就能轻松打败他。”

于是，少年们开始一轮狂补，围绕辩论主题充实大脑。

最后，以海亚特为首，由埃莱妮、贾比尔、纳夫科特组成辩论小组。

对方除了阿德里安，还有3个欧洲白人少年。

“去吧，赫胥黎说过，他愿意给达尔文做斗犬，到处与反对进化论的人辩论。现在，你们就去做科学的斗犬。”王鹏翔拍拍海亚特的肩膀。

这场辩论的主题是“东非共和国要不要搞现代化”。辩论那天，辩论双方来到网站的演播室，分边落座。

在主题陈述阶段，海亚特拿出装有8块土饼的盒子，说道：“我注意到，对方辩友均来自欧洲，辩论主题却是我国要不要搞现代化。既然对方辩友如此关心我的国家，那么就请对方辩友回答我一个常识性的问题。”

她举起土饼，大声说：“我国搞现代化的目的很简单，就是希望自己的后代不再吃这种东西。如果对方辩友认为我国不需要发展科技，请允许我临时给你们增加一个游戏，你们当中，谁能吃下一块完整的土饼，谁才有资格和我们辩论。”

“海亚特小姐，不能临时改变规则。”主持人想打断她。

海亚特指着台下的观众说：“我认为，只有在贫困中长大的人，才有资格谈论这个话题吧？所以，我们建议现场所有人，品尝这种食物后，再讨论这个主题也不迟。否则，一切都是纸上谈兵！”

辩论会在网上同步直播，屏幕上立刻出现上万条弹幕，网友纷纷支持双方吃土饼。

阿德里安看着大屏幕上不断闪现的弹幕，意识到自己必须接招，否则自己下面说的话就没有说服力。于是，他取走4个土饼。

“吃！吃！吃！”台下观众大声喊道。

阿德里安当着百万网友的面，艰难吃下土饼。其他3个欧洲少年还没有吃，就开始呕吐。

“按照规则，你们可以坐在这里，但是有没有资格讲话，我想交给台下观众和网上网友决定！”海亚特严肃地说。

爽快吃完土饼的东非少年，用矿泉水漱口之后，冷冷地盯着3个欧洲少年。

阿德里安把过去两年的陈词滥调重复一遍，只不过加入了东非的案例。

进入辩论阶段，贾比尔率先向观众展示一张野草的照片，问道：“请阿德里安辨认，这是什么植物？”

“这不是生物课，我没有必要辨认任何植物。”阿德里安不耐烦地说。

贾比尔笑道：“呵呵，你不是号称‘世界生态少年’吗？怎么不认识来自大自然的植物呢？我告诉你，它就是玉米。

印第安人培植的玉米，就是这个样子。我们吃的小麦，最早的品种成熟后，种子会大量脱落。经过我们的祖先挑选其中不脱落的变异植株，对其进行多年嫁接培育，才有了今天你们餐桌上的面包。

“从人类学会种植开始，就一直在优化农作物的遗传功能。如果你们能接受小麦和玉米的变异，为什么不能接受画眉草呢？至于它的危害，应该是你们这些‘砖家’的臆想。”

贾比尔的论点快、准、狠，让阿德里安无从辩驳，便转而批判化肥。

埃莱妮拿出一张检测报告：“这是你所说的安全的传统农家肥料的检测报告。瞧，这是大肠杆菌，这是隐孢子虫，这是梨形鞭毛虫。它们一代代地伤害着农民。这些粪肥渗入地下水系，流入河道，又会导致微生物滋生，还会让鱼类大量死亡。所谓纯天然、无污染的传统农业，只存在于你们的想象当中。”

好吧，这个也被驳倒，阿德里安又开始批判现代医学。这次轮到纳夫科特出场，他出示了一个奇怪的调查结果。

“在亚当城东面，100 年前就有公墓，这张照片是那座公墓经营 10 年后的墓碑。瞧，那里埋着很多 5 岁以下的儿童。这是最近 10 年的墓碑，都是老人，只有一名 1 岁以下的死者，还是因车祸死亡的。现代医学有什么价值，这些墓碑就能告诉你们。”

大半年学到的知识，化作匕首刺向阿德里安团队。网上不断有东非的网友给海亚特团队加油、助威。

阿德里安纵横欧美国家无对手，却在这个欠发达的东非一败涂地。

最后，海亚特进行总结："同胞们，有两种选择摆在我们面前。往前走，我们会成为非洲的中国；往后退，我们要回到从前吃土饼。此外没有第三种选择，绝对没有！"

此次辩论，以海亚特团队完胜对手告终。

击败了"反科学主义"的阿德里安，东非 B05 研学班的少年们还要面对来自大自然的对手。

几亿只蝗虫在东非东部出现，向西边席卷，铺天盖地朝亚当城飞来。它们所到之处，再无绿色。

面对 30 年不遇的蝗灾，HE 集团东非分公司关闭垂直农场的所有出入口，只保留地下车库的电梯。他们还在楼体密布的通风口外加装细密格栅，网孔直径只有几毫米，以防蝗虫飞入，阻塞通风道。

这些工作必须在一天内完成，数百名员工加班加点。

B05 研学班的少年们放下"知识海洋"，投入救灾队伍当中。

很快，他们就看到了蝗虫大军的影子。

HE 集团东非分公司从外地返回来的车辆挡风玻璃上布满残破的蝗虫尸体。

"来，大家一起帮他们洗车！"阿婕莉娜和少年们拎着水桶，拿着抹布，帮劫后余生的司机清洗车辆。

3小时后，蝗虫如乌云一般压向工业园。它们从硬化地面掠过，纷纷撞向垂直农场的玻璃幕墙。

无孔不入、无处不在的蝗虫，无法进入垂直农场。垂直农场里的农作物，完好地保留下来。

东非政府不得不向中国求救。

中国政府派出拥有丰富治蝗经验的专家团队，携带有效治蝗的工具，飞抵东非。

高科技犯罪侦查局安防处正式成立，杨真转任处长。

第二天，基夫莱尔从东非发来情报，恐怖分子准备袭击HE集团东非分公司的垂直农场。

随后，周捷发来密报，HE集团东非分公司的东非籍员工被恐怖分子收买，提供了内部安保设施图纸，但被金鹰特卫公司的人发现，移交给当地的警察局。

经过审问，韩津为东非恐怖分子提供了资金和HE集团东非分公司的防御弱点指示图。

杨真通知马晓寒，要她在“生活1900生态园”寻找韩津犯罪的相关证据。那里没有电子监控设备，志愿者饿得头昏眼花，根本无人顾及马晓寒。她在韩津毫不设防的办公室里找到一个笔记本，拍下韩津与东非恐怖组织资金往来的记录。

杨真拿着这些证据，来到李汉云的办公室："李局，韩津与东非恐怖分子勾结，准备袭击 HE 集团东非分公司的重点科研实验室。现在证据确凿，我请求立刻对他实施抓捕。"

"抓捕？"李汉云看了看杨真，"你去执行？"

杨真郑重地点点头。

韩津是公众人物，为了避免不必要的麻烦，杨真决定在"生活 1900 生态园"对其进行秘密抓捕。

马晓寒汇报，韩津正在鸡舍里指挥 3 个志愿者养鸡。

杨真带人翻过低矮的院墙，悄悄摸进去，包围鸡舍，拘捕了毫无防备的韩津。

分散在园子里的二百多名志愿者，看到杨真等人押着韩津往大门口走，想上去拦截，怎奈身体太虚弱，连吵架的力气都没有。

韩津高声呼喊他们，他们却是目光呆滞，无动于衷。

心死的人，对什么都不感兴趣。

马晓寒本想随杨真归队，杨真却命令她继续收集韩津的犯罪证据，理清他与国际恐怖组织的关系。

戴上手铐的韩津依然淡定："恭喜你啊，杨处长！看来权力确实是个好东西，让人觉得没有什么东西不可出卖。"

杨真微微一笑："权力也能制止犯罪行为，包括阻止把杀人诛心的行为披上华丽的外衣。你喜欢 1900 年的生活，是不是因为喜欢八国联军啊？如果东非的垂直农场是你的眼中钉，是不是因为2000万东非人能吃饱饭呀？”

韩津不再说话。杨真把他押送到看守所，准备移交法院审理。

李瑾与韩津私下关系不错，但平时却很少联系。她得知韩津被杨真拘捕，立刻跑到高科技犯罪侦查局。

杨真看到穿一身黑衣、用黑纱罩脸的李瑾，心里一怔。

“他关在哪里？”李瑾冷冷地问。

“涉密，无可奉告。”杨真也冷冷地说。

李瑾哼了一声，拉把椅子坐下：“我跟他真心相爱，却一直没有结婚。无论他死活，我都想和他结婚，还望成全。”

“你知道他的罪名一旦成立，要判多久吗？”

“不想知道，也不需要知道。我咨询过律师，刑事拘留人员也可以办理结婚登记。”

“需要上级特批。”

李瑾突然跪到杨真脚下，痛哭流涕：“好妹妹，我求你了，在他拘留期间，帮他申请吧。我是真心爱他的，苦苦等了他这么多年。我知道他罪孽深重，进去未必能出来。”

“你想好了吗？”杨真把李瑾扶起来，盯着她的眼睛问。

李瑾郑重地点点头。

B05研学班的少年们结束东非研学课程后，王鹏翔把他们带回中国，准备在中国再研学一年。

宽大的中国客机，载着他们稳稳降落在首都机场。

除了回到美国读书的罗佳亮，外出考察的张凡，原 A01 研学班的同学都赶到机场，迎接 B05 研学班的同学。

他们虽然不是同班同学，却经常视频聊天，互通有无，早已成为无话不谈的好朋友。

少年们来到中科院，走进研学班宿舍楼。楼门口挂着写有“这里的孩子早当家”的条幅。

这里的学习环境，让 7 个东非少年羡慕不已。他们都在心里暗暗发誓，一定要到这里攻读理想的专业。

王鹏翔提议，所有研学班的少年在 16 岁前要完成法律知识培训，要这些高智商少年成为知法、懂法、守法的人，绝对不能成为下一个沙阳或者郭晓宇。

闲暇时，李千雪拉着海亚特参观研学班少年搭建的录影棚。受东非少年制作短视频的启发，许彦波特意申请了一个 200 平方米的房间，改装成录影棚，现在正在施工。完工后，这里可以供他们录制各种科普和文艺节目。

尚初宇把卡莉带到科学技术学院。她正在协助导师做《不同技术台阶上的生活方式》的专题研究。她为了写好论文，要收集古代中国人的生活素材和资料。

尚初宇拿出一双仿制的“三寸金莲”鞋，让卡莉欣赏。

尚初宇介绍道，在中国清代以前，汉族女子以脚如“三寸金莲”为美，从小就进行裹足，使脚得不到健康生长，脚骨发生畸变。

尚初宇说：“健康、正常、正确的东西，才是真正的科学。”

卡莉点点头。健康、正常、正确这6个字，看上去很简单，但是对于因循守旧的东非人来说，几十年后也未必能理解。

夏荣带领纳夫科特参观中科院的空间所。纳夫科特见到5名东非工程师正在学习卫星跟踪技术。夏荣告诉纳夫科特，她拿到博士学位后，也要加入这个研究团队，成为航天工程师。

参观完空间所，纳夫科特便调整了他的人生规划。他告诉夏荣：“东非南端接近赤道，发射航空器成本非常低。东非人可以在那里建设航天发射场。到那时，各国的火箭都可以在那里发射。”

贾比尔、穆尔吉亚、阿力赤和曲哲坐在一起讨论生物工程。贾比尔已经把成为HE集团高管列为他的人生目标。穆尔吉亚说，东非政府已经颁布《矿业法》，允许外企投资矿业。他要把他曾经背盐砖的地方，变成世界最大的钾肥生产基地。

中国研学之行，让7个东非少年近距离接触到现代科技，开阔了眼界，改变了想法，发誓为东非的科学事业奋斗终生。

李瑾和韩津的结婚申请获准。

杨真带人把韩津押到民政局和李瑾办理结婚登记。

警车悄悄驶入民政局大门，杨真用衣服遮住韩津腕上的手铐，把他带到一间办公室，和李瑾办完结婚登记手续。

他们签字、照相、宣誓之后，紧紧拥抱在一起。

“挺住！”李瑾拍了拍韩津的肩膀。

韩津表情冷漠，没有说话。

李瑾驾车一直跟随警车来到看守所，在门口等待杨真。

杨真办完移交手续，见李瑾没走，就上了她的车，问道：“你是想当穆桂英？”

李瑾嘿嘿一笑：“为了韩津，没有我不能做的。他没有错，错就错在他提前100年做了他该做的事情。”

杨真看看李瑾：“如果他是正确的，你的脚现在应该是‘三寸金莲’才对。不是我们限制他的行为，而是时代淘汰了他的行为。”

“时代就是正确的吗？未必吧！”李瑾冷冷地说。

杨真说：“在时代向前发展的巨轮之下，我们都是一只小小的蝼蚁。”

李瑾笑道：“我为了韩津，愿意做挡车的螳螂。”

杨真下车，关车门的时候，低声说：“如果你坚持，我们可能还是对手。”

“有你这样的对手，才能衬托出我的伟大。”李瑾眨眨眼睛。

杨真默默地走在人行道上，意识到倔强的李瑾所言可能不是戏言。她从不把飞蛾扑火视为悲壮，而认为那是壮举。

公安、教育、工商、城管、应急、卫生、防疫等部门对“生活 1900 生态园”进行调查，发现里面存在诸多违法行为。里面的建筑，多是违法建筑，且存在巨大的安全隐患。于是，各部门现场联合执法，遣散志愿者，强行拆除违法建筑物。

中老年志愿者大多是拖家带口，而且健康状况堪忧。杨真等人把他们送到医院进行体检后，送上返回老家的列车。

李瑾带着十几个年轻志愿者，恋恋不舍地站在“生活 1900 生态园”门口，不愿离去。

“李总，我们怎么办？”马晓寒轻声问李瑾。

李瑾冲年轻志愿者们挥挥手，然后向前走去。方喆、“深海鱼”、张晓风等人，紧紧地跟在她的身后。

她的身体很虚弱，步履蹒跚。马晓寒搀扶着她。

李瑾一边走，一边给他们讲述“艾尔斯共识”的秘密。

几年前，她与韩津到澳大利亚艾尔斯岩石下参加一场集会，与全球志同道合者达成共识。他们认为，地球会在 60 年内毁灭。为了挽救人类，他们必须采取一些行动，唤醒贪婪且无知的民众。

李瑾站下，对马晓寒说：“为了把伟大的理想变成现实，我们特别需要理工科专业的志愿者支持，比如张晓风，比如你。”

“我？”马晓寒心里一怔。

李瑾很少来“生活1900生态园”，她也是第一次见到马晓寒。

“你不是学化工专业的吗？”李瑾反问。看来，她虽然很少在“生活1900生态园”露面，但对里面的志愿者情况却了如指掌。

马晓寒是材料专业的高才生，李瑾说她学化工专业，看来她掌握的，也只是马晓寒想让她看到的那些信息。

李瑾说：“中国已经没有我们的落脚之地了，我们必须转移到更需要我们的地方去。马晓寒，你是我们需要的人才，我找机会安排你出国，完成我们更伟大的使命。”

“好！”马晓寒爽快答应。

早上，杨真起床去洗手间，发现宋梓馨在里面。

过了一会儿，宋梓馨走出来，快速跑回自己的房间。

杨真发现了马桶上的血迹，意识到宋梓馨的初潮到了，心里非常高兴。宋梓馨是人类第二个基因合成人，看来她和正常女孩一样，可以结婚生子。

杨真进入宋梓馨的房间。

“要带我去做检查，是吗？”聪明的宋梓馨猜出杨真想说什么。

“梓馨，你虽然是高智商孩子，但我还是希望你像普通人一样，过普通的生活。”杨真坐在宋梓馨身边，抚摸她的头。

宋梓馨点点头：“我知道，在很多人眼里，我可能只是一件作品，只有您把我当作一个人。”

杨真掐了一把宋梓馨肥嘟嘟的脸蛋：“你永远是我的大宝贝！”

宋梓馨拿起“知识海洋”，调出她的人生规划表：“妈妈，我今后5年的计划都设计好了。不过，完成这个计划，需要你配合。您和爸爸在一起多久了？”

“两年吧。”

“您怎么没有怀孕呢？是不想要宝宝，还是爸爸不想要宝宝，还是你们都不想要？”

“爸爸想要，我在犹豫，担心自己做不了合格的妈妈。”杨真说，“如果我能做一个职称的妈妈，你的衣服都应该由我购买的。事实上，我还不知道你穿多大码的衣服。”

“但是，您已经给了我最重要的东西。”宋梓馨认真地说。

“哦？”

“您给我送来超级棒的老师和超级棒的同学，给我打造一个最合适我的朋友圈，这比什么都重要。”宋梓馨说，“虽然我现在能轻松考进任何一所大学，但是我不想那么早就进入社会。如您所说，我要做一个正常的女孩子，要拥有和她们一样的生活。”

杨真问：“高中的知识，你基本掌握了，不考大学，你准备做什么呢？”

宋梓馨说：“您和爸爸生一个宝宝，我帮您照顾他。您放心，我肯定能成为合格的姐姐。”

杨真看着宋梓馨认真严肃的表情，终于理解江志伟害怕看到她身上超出同龄人成熟的原因了。

宋梓馨的规划是，如果杨真生下宝宝，她在家全程照顾，直到宝宝上幼儿园为止。

宋梓馨说：“就算我把宝宝照顾到上幼儿园再参加高考，也比正常中学生小一些。那时候，我可能对生活、对社交、对社会理解得更深刻一些。”

杨真很感动。

高科技犯罪侦查局安防处刚刚成立，工作上千头万绪，杨真还没有彻底理顺。她作为负责人，如果现在怀孕待产，显然是不负责的行为。

她不想打击宋梓馨的积极性，笑着说：“梓馨，生宝宝的事情呢，不是我一个人就能完成的，这要看爸爸的运气和本事了。”

“你们在说我吗？”江志伟准备去厨房做早饭，正好经过宋梓馨的房间门口。

“我觉得爸爸应该可以的！”宋梓馨冲江志伟竖起大拇指。

“知父莫若女啊！”江志伟依靠在门框上，微笑着看着宋梓馨。

杨真小声说：“梓馨，照看宝宝是世界上最辛苦的事情。这种事情，靠一时冲动可不行啊。”

“妈妈，你和爸爸都是非常优秀的人，你们不能浪费这么好的基因。”

杨真在宋梓馨的额头上重重地吻了一下：“好，我们就把这件事提上日程！”

B05 研学班的少年完成了在中国的研学计划，按要求，许彦波和肖雅雯，带领王鹏翔、阿婕莉娜和 10 名少年返回东非共和国，等待卡尔比总统接见。

卡尔比非常重视“7 颗科研种子”，在许彦波等人到达东非的第二天，他就率领基夫莱尔、教育部正副部长，以及来自教育界基层代表丹萨，在总统府贵宾室，接见了他们。

卡尔比作为 B05 研学班的发起人，看到 7 个东非少年取得惊人的进步，非常高兴，率先侃侃而谈。

“我到过世界很多地方，知道一个国家的科技水平达到什么程度，人民才能过上富有、稳定、和谐的生活。西方国家搞了几百年科技，科研水平已经达到他国难以企及的高度。因为历史原因，我国在科研方面很落后，但是我们已经有了一个很好的参照。中国的科研起步比西方国家晚了一百多年，但是他们只用了几十年的时间，就赶上或者超过西方国家。看来，只要在正确的轨道上，认真地做一些事情，是可以实现弯道超车的。”他指指 7 个东非少年，“中国有一句话，‘少年强，则国强’。希望你们作为科研种子，在东非这片土地上，开枝散叶，开花结果。”

卡尔比说得很真挚，让 7 个少年深受感动。

“孩子们，我们的国家还很年轻，只有 1/3 的孩子在学校读书。我一直很担心，我们这代人饱受战乱、饥饿、西方势力压榨之苦，如果我们老了，没有经历苦难的人接班，会不会像现在的西方人那样，被‘反科学主义’‘反智的虚无历史观’蛊惑，转而效仿他们的双标民主呢？

“现在看来，我的这种担心是完全没有必要的。中国的教育，让下一代人既不忘过去，又不畏将来。他们传给下一代鲜活的科技、生机勃勃的科技、充满人性的科技，都是我们必须学习的。”

卡尔比告诉许彦波，他要把研学实验变成国家行为。教育部要成立研学实验中心，下学期拟建 10 个研学班。英雄母亲丹萨担任实验中心负责人。

他邀请许彦波、肖雅雯、王鹏翔担任东非研学实验中心顾问。

许彦波、肖雅雯、王鹏翔爽快地接受了卡尔比的聘请。

离开总统府，回到垂直农场，阿婕莉娜安排少年们休息，许彦波和王鹏翔在工业园里散步。

王鹏翔问许彦波："许教授，您怎么看卡尔比总统的讲话？"

许彦波说："我非常赞同他的设想，这也是我支持中科院在东非建立B05研学班的原因。国内好多高智商的人，差不多忘记了我们被霸权国家欺凌的历史，也没有国家的概念，甚至有人已经成为追逐名利的精致小人。没有民族大义，忘记国家荣辱的人，科研能力越强，对我们的危害就越大。"

王鹏翔说："很多人说，我们在东非好像有点儿不务正业了。"

"经历，就是一种财富。这些孩子，都是高智商的人，学习知识对他们来说，就像喝水、吃饭那样简单。但是，并不是每个孩子，都能经历他们在东非经历的事情。因为经历，所以懂得，这比12年中小学政治教育还有效！"

王鹏翔激动地说："许教授，我记得赫胥黎说过，他愿意做达尔文进化论的斗犬。你安心做你的研学教育，我甘愿做研学教育的斗犬，做维护科研的斗犬！"

科学少年三部曲·第3部　完

注释一：有关王鹏翔的经历，请见“人形武器系列”，以及“临界系列”第三集《红书》。

注释二：杨真和杨永泉的故事，请见“临界系列”第六集《直到银河尽头》。

注释三：有关“非洲之星”，以及俄国富翁马斯柳科夫的故事，请见“临界系列”第五集《神使》。

注释四：有关张晓风和网讯公司的案件，请见“临界系列”第八集《网魔》。

注释五：散居相，蝗虫多态现象之一，散居的蝗虫在体形和颜色上都不同于群居的蝗虫。

注释六：阿西莫夫的原话，“反智主义一直都是一个横亘在我们政治和文化生活上的持续的威胁。它是被‘民主就是我的无知和你的知识一样有用’这种错误观念培养起来的”。王鹏翔在引用时有所发挥。

注释七：“未来定义权”是著名文化创意产业专家、清华大学互联网产业研究院副院长林天强提出的概念，在此表示感谢。